カラット探偵事務所の事件簿3

乾くるみ

PHP
文芸文庫

○本表紙デザイン＋ロゴ＝川上成夫

カラット探偵事務所の事件簿3　目次

File 13
「秘密は墓場まで」

1

二〇〇六年十月二十九日。日曜日の午後一時過ぎ。

俺がテレビを見ながらストレッチをしていると、テーブルの上に置いていた携帯電話が着信音を響かせ始めた。番号を確認すると勤め先からだった。

「はい。井上《いのうえ》です」

「あ、井上さんですか。どうも。古谷《ふるや》です」

改めて名乗るまでもない。カラット探偵事務所に勤めているのは、俺以外には所長の古谷謙三《けんぞう》しかいない。その番号から自宅にいる俺に電話を掛けられるのは奴だけだ。

「何で日曜なのに事務所に出てんの？」

所長といっても高校時代の同級生なので、俺は古谷相手にはいつも気安くタメ口で話している。一方の古谷は育ちの良さから俺だけではなく、誰に対しても丁寧語で話す。

「いえね、夏場はさすがに暑くて土日の出勤は控えていたんですけど、今月に入っ今日を含めてあと三日で十月が終わるが、その間ようやく二人目となる依頼人である。

「で、電話で概要を聞いたんだって？　どんな依頼なんだ？」

うちの事務所は他の同業他社とは違って《謎解き専門》を謳《うた》っている。それでも旦那《だんな》の素行調査をお願いしたい等の依頼が舞い込むことはあるが、古谷の眼鏡《めがね》に適《かな》わなければ遠慮なく断っている。その古谷が依頼を受けるというのだから、何らかの興味をそそられる要素があるのだろう。そう思って聞いたのだが――。

「ちなみに井上さん、お墓参りって、行ったことあります？」

依頼内容に関係するのだろうか、まずはそんなふうに問い掛けられた。

「うちはまだ両親が、ありがたいことに健在で、どっちかが死んだらお墓を作るんだろうけど、今のところまだそんな話は出てない」

「お父さんはご長男ではない？」

「うん。次男だ。父方の実家は父の兄が後を継いでいて、その伯父《おじ》さん一家は、井上家の先祖代々の墓に入るんだろうけど、うちの父親が亡くなった場合には、こっちに新しく墓を建てて、父も母もそこに入ることになるんだと思う」

「そうですか。ちなみに古谷家は、次男や三男でも先祖代々の墓に入るみたいです。そもそも本家の意味する範囲が通常より広くて——うちの祖父の弟も、父の弟たちも、本家の一族に数えられています。でも私の大叔父さんにあたる祖父の弟の、その子供たちは親戚扱いだから——どこで切っているんでしょうねえ。いや、改めて考えたらよくわからなくなってきました。代々の戸主の兄弟までが入るのかな？　ともあれ私も本家の三男ですから、最終的には古谷家代々の墓に入ることになっているはずです。もし私がそのときに結婚していたら、その相手も古谷家の墓に入るはずです。いや、何が言いたいかというと——」

古谷はそこでなぜか少し焦《あせ》ったような様子を見せると、

「それだけ一族が大勢いると、菩提寺《ぼだいじ》のお墓まで行ってお参りする場合に、大人だけで済まそうといって、子供たちはお留守番させられることが多いんですよ。だから私も、お参りすべき先祖のお墓はあることはあるのですが、まだ一回か二回しかお参りしたことがないんです。結局は井上さんと似たり寄ったりで、そういうことに関しては疎《うと》いほうになるんですけど——」

「お墓参りをする仕事？」

「いや、そうでもないんですが、まあお墓参りがらみの案件というか——」

そこでようやく説明が始まる。先ほど午後一時前に電話を掛けてきたのは磯貝《いそがい》翔太《しょうた》といって、古谷とは中学時代に同級生だった間柄。今は池戸《いけど》市在住。妻と子供がいて、池戸市役所に勤めているという。実家はここ倉津《くらつ》市内にあり母親と妹が今も住んでいる。父親は五年前に急逝《きゅうせい》した。そのお墓が山彦霊園《やまびこれいえん》にある。

「九月の二十三日、秋のお彼岸《ひがん》の日に、磯貝くんは妻子は向こうに置いたまま、こっちの母親と妹と三人で、そのお墓参りに行ったそうなんですが、そのお墓に、たったいま供《そな》えたばかりといった感じで花が供えられていた。家族より先にお参りした人がいたようで、それで誰なんだろうと。磯貝さん一家三人には思い当たる相手がいなかったそうです」

「今年だけ？　去年までは？」

「今年だけだそうです」

「お彼岸って、あれでしょ？　秋分の日でしょ？　今年は連休じゃなかった？」

「連休というか、土曜日だったんで連休になり損ねた感じでしたけど」

「どっちにしろ休みだった。そこでお彼岸とかとは関係なく、たまたまこっちに帰省していた誰かが、恩人のお墓参りをした。その直後に家族が来た。そういう感じだったんじゃないの？」

「いえ、この件は、お彼岸かどうかはさほど重要ではなく、その亡くなられた磯貝さんのお父さんを、そんなふうに恩人だと感じている人の心当たりが、依頼人一家には無いという点が重要なんです。そもそも家族以外に父の墓にお参りする人がいるとは思えない、でも誰かが実際にお参りをしていると」

「それを見つけろってか？　うーん、どうすりゃいいんだ？」

「ところが話はまだ終わっていなくてですね、続きがあるんですけど——依頼人の妹さんがですね、実は去年からほぼ毎月、お墓参りをしていたそうなんです。お父様の命日が十一月の五日で、その日を祥月命日《しょうつきめいにち》、十一月以外の五日を月命日と言って、祥月命日はだいたい家族揃《そろ》ってお参りするんですが、それ以外の月もその妹さんはほぼ毎月、五日に月命日のお参りをしていたと。それで今年の七月ごろから、五日にお墓参りに行くと、花立に花が挿《さ》してあった。ただしお彼岸の日とは違って、挿したばかりという感じではなく、少し生気が失われていて、挿して数日後といった感じに見えた。そのお花を抜いて、妹さんは自分が持ってきた花を挿してお参りしていた。そういうことが七月八月九月と続いていたんだけど、それのみならず、九月二十三日のお彼岸でまた同じようなことがあったと」

古谷はそこでいったん話を切って咳払《せきばら》いをした。

「家族三人で誰だろうねと首を捻《ひね》っていたが、妹さんはそのときにはまだ、毎月の月命日の少し前にも誰かが花を供えていたことを、母親と兄には告げなかった。その代わり、九月の終わりごろから毎日お昼ごろに山彦霊園まで行って、お墓の様子を確認してみたんだそうです。すると十月に入って――今月ですね、今月の三日、お昼にお墓を見に行くと、はたして新しい花がお墓に供えられていた。そんなふうにして、毎月謎の人物によってお花が供えられている日を、一人で特定されたのです」

「毎月三日か。次は十一月三日。もうじき……か」

「正確に言うと二日の昼に確認したときにはまだ無くて、三日の昼に確認したときにはあったのですから、二日の午後から三日の午前にかけての正味二十四時間が対象です。霊園がオープンしている時間に限れば、二日が昼から午後五時までの五時間で、三日が朝九時から昼までの三時間、合計八時間になりますが、閉園時刻を過ぎても入ろうと思えばどこからでも入れますんで、張り込みは霊園のオープンしている時間にかかわらず、気長に行いたいと思っています」

「とにかくあと四日後――十一月の二日から三日にかけて、張り込んでさえいれば、自動的にその相手がやって来るはずだと」

「そこまで前もって依頼人の妹さんが突き止めてくださっているそうです。なのであとはバレないようにその相手を尾行して、どこの誰かを突き止めるだけ。その時点でまずは依頼人に報告して、心当たりがあればそれで仕事は終わりですし、名前を言ってもピンと来ないようであれば、お父さんとの関係性がどうだったのかを改めて調べるところまでをやることになると。旅先で困っていたときに助けてくれた人、みたいな関係性だと、結局その人に聞かないとわからないでしょうけどね」

残された家族も首を捻《ひね》る謎の墓参者は、故人といったいどんな関係性があったのか。たしかに興味を惹《ひ》かれる事案であり、また俺たちがやらなければならないことも、現時点ですでにある程度まで明確になっている。

他の探偵事務所でも請け負うことができそうな依頼だったが、たまたま古谷と中学時代に同級生だったという縁でうちに依頼が来てくれた。ありがたい話である。

ただ、まあ、何だ——墓地での張り込みというのは、どうなんだろう。特に夜間は——。

場合によっては、断ってしまってもいいのではないだろうか。

2

約束していた午後三時より十分も早く、依頼人は事務所に姿を見せた。

古谷と同級生ということは俺とも同じ三十路《みそじ》のはずだが、磯貝翔太は顔の皮膚《ひふ》が皺《しわ》っぽく、白髪《しらが》交じりの髪を短く刈っていて、実年齢よりやや老けた顔をしていた。アラフォーと言われても信じてしまいそうだ。

初めて事務所を訪れた客人の多くは、どこの豪邸の書斎だ、といった感じの内装に驚くことが多いのだが、磯貝はそれより先にバーカウンターでお茶の準備をしていた俺を見て、驚いた顔を見せた。

「なんだ、古谷一人じゃなかったのか」

言われた古谷は笑顔のまま、

「助手の井上です。二人で調査を担当します。磯貝くんこそ、お連れがいらっしゃるとは聞いてませんでしたが」

磯貝翔太の後ろから、紺のロングスカートに白ニットのセーター、ボブの頭にベレー帽を乗せ、丸メガネを掛けた二十代半ばくらいの小柄な女性が入ってきた。

「妹の凪子《なぎこ》だ。むしろこいつが依頼人だと言っていい。俺は仲介者みたいな立場だ」

「はじめまして。所長の古谷です。磯貝くんには中学時代にお世話になりました。

どうぞこちらへ」

磯貝兄妹がソファに並んで座る。俺もお茶の配膳《はいぜん》をしたあとは古谷の隣に座った。応接セットのローテーブルを挟んで二対二で向かい合う形になったのは、この事務所の開設以来初めてだったかもしれない。

「実際のところ、ご依頼人はどちらにします？　書類上の話ですけど」

古谷が訊《たず》ねると、凪子が「じゃあ私が」と言って手を挙げた。

「依頼内容については、電話で磯貝くんからおおまかな説明を受けてますけど、改めて詳しくお伺いしたいのですが。お父様は何をされていた方なんですか？」

古谷の質問に答えたのは磯貝凪子のほうだった。

「父は税務署の職員でした。もちろん大事な仕事ではありますが、職種柄、仕事を通じて父に恩を感じているという人がいるとは思えません」

「仕事がらみではない。うーん。仕事以外のお付き合いは？　趣味のサークルに入っていたとか、インターネットを通じて誰かと知り合っていたとかは？」

「父は無趣味でした。休みの日にはぼーっとテレビを見て終日過ごしていた印象があります。五年前だと私は県外の大学に通っていた時期なので、亡くなる前後のことは知らないのですが、少なくともその二年前、私が高校生だったころまでは、父は休みの日には家でごろごろしていました。インターネットを通じた知り合いもいたとは思えません。父専用のパソコンも家にはありませんでした」

「俺も大学を出て就職してからはずっと池戸市に住んでいて、父が亡くなる前の最後の三年間のことはよく知らないんだけど、まあこいつの言うとおりだと思う」

磯貝翔太がそこで口を挟《はさ》んできたが、情報量はほぼゼロだった。

「五年前にお父様が亡くなられたときの年齢は？」

「五十歳でした」

凪子は答える前に一瞬だけ考えるそぶりを見せた。父親が亡くなる二年前、七年前に彼女が高校三年生だったということは、今彼女は二十五歳。父親とは三十歳差。それが基になっていて、現在生きていたとしたら自分の年齢に三十を足して五十五歳、五を引いて五十歳……そんな計算をしていた間だったように、俺には思えた。

「五十歳は、亡くなられるにはまだ早いですよね？　どういった形で亡くなられたんですか？　交通事故とかではなく？」

「入浴中に急に具合が悪くなって、救急車で病院に運ばれたんですが、そのまま意識を回復することもなく三日後に亡くなりました。脳溢血《のういっけつ》という診断でした」

交通事故死とかだったら、加害者が今年になって交通刑務所から出所して、被害者の墓に毎月お参りするというストーリーも考えられたが、その可能性もここで否定された。もちろんそういった亡くなり方をしていたのであれば、家族もまず最初にその可能性を考えるだろうから、思い当たる節がないという、今のような話にはなっていないはずだった。

「あとはお葬式についてですが、参列者の名簿のようなものは取ってありますか？」

「あっはい。いちおう。お通夜《つや》と告別式とそれぞれ。香典の額などと一緒に」

「その中で、お父様との繋《つな》がりが不明な方はいらっしゃいました？」

「今回の件があってから、いちおう見直したりもしたんですけど、職場関係の方がほとんどで、あとは学生時代の友人だったという方たちとか――告別式には揃っていらっしゃったので、私たちの知らない父の学生時代の知り合いの方々は、名簿でひとまとめになっていました。あとはご近所の方たちとか母の知人だとか、だいたいは関係性が明らかな方たちでした。結局五人ほど、どなたかしら？　という方はいらっしゃいましたけど。名前を見てもお葬式のときの印象がまったく無くて――でも逆に言えば、お葬式のときに、本気で悲しんでおられる方とか泣いてらっしゃる方とかは、税務署の同僚の方が数人いたくらいで、その他の会葬者はわりと義務的というか、目立って憔悴《しょうすい》してらっしゃる方とかは特にいませんでした。今になって毎月墓参するような方がもしいたとしたら、お葬式のときにも、もっと目立つような悲嘆の暮れ方をしていたんじゃないかと思うのですが」

「とりあえず記憶の中で、あの人かも、という会葬者には思い当たる人がいないと？」

「そうです」

可能性の道が次々と塞《ふさ》がれていって、古谷と俺も次第に、磯貝家の家族と同じ謎を共有することができるようになってきていた。

「お父様のお仕事は忙しかったようですか？　帰宅時間は遅かったですか？」

「そうですね。時期によってムラがあるのですが、毎年忙しい時期には、ほぼ毎晩九時十時に帰宅するといった日々が続いたりしていました」

凪子の答えを聞いたあと、古谷はしばらく黙ったままでいた。残された可能性はやはりそのあたりか、と考えていることを、無言のうちに相手に伝えようとしていたのだろう。

「やはり父に何か秘密があった、と？」

「残業と称して実は……という可能性は、ご家族の方から見てありえますか？」

即座に反応したのは磯貝翔太だった。

「女性関係ってことか？　いや、それは無いと思う。……無いよな？」

兄から同意を求められた凪子のほうは、やや慎重を期すような感じで、

「父は――洒落《しゃれ》たことを言ったりするタイプではぜんぜん無かったですし、客観的に見たら、つまらないタイプの人間だったと思います。でも母とは、お見合いではなく恋愛結婚をしているわけですから、父に惹かれる女性が皆無《かいむ》だったとは言い切れないでしょう。世の中の平均と比べればかなり厳格なタイプに分類される人だったと思うんですけど、そういう、父性っていうんですか？　そういうのに惹かれる若い女性も、世の中にはいると聞いたことがあります。もしかしたら――」

「いや無いってば」

「でも、だったら誰が、父の墓にお参りしているの？」

「結局は、それなんだよな……」

磯貝翔太はそこで大きな溜息《ためいき》を吐《つ》いた。

契約は成功報酬方式が採用された。もし俺たちが尾行に失敗してターゲットの住所氏名を特定できなければタダ働きになるが、今回の場合はそれも致し方ない。一

方で、予測されている十一月の二日から三日にかけて、ターゲットが現れなかった場合もタダ働きになってしまうが、古谷はそれでも構わないと言って依頼を引き受けた。

「そうだ。お父様のお墓の場所をお聞きしておかないと。山彦霊園のどこにあるのか、地図のようなものを描いていただければありがたいのですが。今日これから下見に行くつもりですんで」

「俺らも行くよ。最初からそのつもりだった。俺らは車で来てるけど、一緒に乗ってく？」

「そうですね――」

古谷が同意しかけたので、俺はローテーブルの下で奴の足を踏んでやった。その上で提案する。

「現地集合にしましょう。わたしたちはバスで行きます」

「わかりました。では念のために番号を交換しておきましょうか」

凪子が鞄《かばん》から携帯電話を取り出して古谷にそう言ったが、もちろん奴はいまだにケータイを持っていない。

「すみません、私は携帯電話を持っていないのですよ。代わりに井上が連絡係をしてくれていますので――」

というわけで俺と凪子が電話番号とメールアドレスを教え合った。

3

磯貝兄妹が事務所を後にしたところで、俺たちも帰り支度を始めた。今はまだ午後三時半を過ぎたところだが、霊園まではバスで三十分から四十分はかかる。それでも午後四時半前には到着できる予定だが、五時閉園ならばそんなにのんびりしてもいられない。急いだほうがいい。

「じゃあぼちぼち行きますか。別に磯貝くんの車に同乗しても良かったのですが――」

事務所のドアに鍵を掛けながら古谷が言うので、

「ちなみにお前、市営バスに乗ったことは？」

「小学生のときに一回だけ乗ったことがあったような……」

エレベーターが来たので箱に乗ってから話を続ける。

「張り込み当日は、霊園までは二人で車で行くことになる。だよな？　で、もし相手がマイカーやタクシーで帰る場合には、そのまま尾行できるけど、バスに乗った場合には、もしかしたらお前一人でバスに乗ってもらう必要があるかもしれない。だから今から一緒にバスに乗って、乗り方の説明をしとく」

「ああ、そうですね。たしかに」

県道まで出て「消防署前」のバス停に行く。十人ほどがバスを待っていたので、俺は古谷を集団から五メートルほど離れたところで止まらせた。いい大人相手に初歩的な説明をしているのを聞かれたくなかった。

「このバス停は、神南《かんなみ》団地行とT《ティー》巡《じゅん》左《ひだり》先《さき》とT巡右先の三つの路線が通っていて、だからただ来たバスに乗ればいいってわけではない。自分たちの目的地に合ったバスを選んで乗る必要がある。山彦霊園に行くときにはT巡左先に乗る必要がある。逆に山彦霊園からこっちに帰ってくるときにはT巡右先に乗る必要がある」

県道を駅から北に真っ直ぐ進むと、やがて間宮《まみや》の交差点に出る。そこを真っ直ぐ行くと神南団地まで、左に曲がって県道と交差する蕨《わらび》街道を西に進むと造土《ぞうど》まで、右に曲がって東に進むと水無里《みなさと》まで、バス路線が通っている。T巡左先は駅を出て間宮の交差点を左に曲がり、蕨街道を造土まで行って折り返し、間宮を直進して水無里まで行ってまた折り返し、間宮から駅に戻るというT字型のコースを巡回している。T巡右先は同じT字型のコースを逆順に回っている。山彦霊園は間宮から造土に向かう途中にあるので、T巡左先に乗らなければならない。T巡右先に乗っても辿《たど》り着けないことはないのだが、二十分ほど余計にかかってしまう。

そんな説明をしている間に来たT巡右先を一台やり過ごしてから、次に来たT巡左先に乗り込んだ。

「この整理券を取って」

乗車口のステップを上るとき、俺は自分でも機械から整理券を取りながら、古谷に指示を出した。

バスの車内は空いていた。二人並んで隅の席に座ってから、小声でいろいろ教える。

「次のバス停がアナウンスされるので、降りるときはこの降車ボタンを押す。誰もボタンを押さなかったときに、バス停で待っている人もいなかった場合は、そのバス停は素通りされる。あそこに表示されているのが料金表で、乗った場所と料金が表示されている。『消防署前』は今は一五〇円と表示されてるけど、あれがバス停を通過するごとに少しずつ上がってゆく。で、降りるときにはさっきの整理券と、表示されている金額とを、あの料金箱に入れる。ちょうどで払えない場合にはあそこに両替機があるから先に両替して、小銭がちょうどになるように用意しとく。といっても今はほとんどの人が専用カードで支払っていて、現金で支払う人は少数派になっているはずだけどね」

「私はカードを持っていません」

「じゃあ現金を用意して。張り込み当日には、もちろん専用カードでも良いんだけど、普段バスに乗らないのならその日一日だけの、終日フリーパスを買っといたほうが良さそうだな。市営バスのどの路線にも乗れて、どこから乗ってもどこで降りても、フリーパスがあればピッとやってすぐに降りれて料金不足になることもない。ターゲットが『山彦霊園前』からバスに乗って、途中でバスを乗り換えた場合でも対応できるし、降りるときにまごつかないで済むし。そうしよう。もちろん相手がバスを使うとは限らないし、出費が無駄《むだ》になる可能性はあるんだけど、今回は尾行に失敗したら元も子もないんだから、いろんな場合を想定して準備しておくに越したことはない」

「井上さんが世事に詳しくて助かってます」

「お前が疎《うと》すぎなだけだけどな」

山彦霊園前でバスを降りたのが午後四時十五分。信号を渡って蕨街道から北に延びる未舗装道路の、右手には駐車場があり、左手に山彦霊園が広がっていた。蕨街道の歩道には、逆方向に向かうバスのためのバス停が設けられていて、その背後、ベンチを照らす街灯の下、駐車場との境に、今はもう市街地では見られなくなった電話ボックスがひとつ、ぽつんと立っていた。倉津市民なら誰でも一度は聞いたことのある怪談の舞台になっているボックスで、日中に見ても独特の怖さがある。

その十メートルほど先、駐車場の出口で、磯貝兄妹が俺たちを待っていた。

「遅いぞ」

「申し訳ない。いちおう花とか買って行きましょうか？」

古谷が提案する。霊園南側の正門を入ってすぐに管理事務所があり、生花や線香などを販売していた。

「いいっていいって。それに今日花を供えたりすると、二日に来る相手が戸惑うかもしらん」

それもそうだということで、今日は花もお香もなく、気持ちだけお参りすることになった。

山彦霊園は東西に八〇メートル、南北に一五〇メートルほどの広さを持っていて、南北を縦に貫く通路が三本、二〇メートル間隔で並んでいる。中央の一本が二メートル幅、左右の二本が一・五メートル幅。それと交差する横方向に延びる大きな通路が二本あり、霊園を北・中央・南の三つのブロックに分けている。もちろんそれとは別に横方向への細かい通路は、一区画ぶんの奥行ごとに通っていて、正門から入った来園者はまず三本の通路のうち、自分の家の墓に近い通路を選んで北進し、目的の角まで来たらその細かい通路を左右に折れて、通路の北側にずらりと並んでいる墓の中から自分たちの家のものを目指すことになる。

磯貝兄妹は正門からは入らずに、未舗装道路を北へと向かって歩き始めた。駐車場はすぐに終わって道の右手は雑木林になっている。道の左手の墓地は道路から一メートルほど高くなっていて、法面《のりめん》はコンクリートで補強され上部は鉄柵で囲われていたが、途中で二箇所、横方向の広い通路が通っている場所では柵がその道幅ぶんだけ途切れていて、コンクリートの斜面には墓地に上がる階段が設けられていた。磯貝兄妹は二個目の階段を上って墓地に入った。どうやら磯貝家の墓は北ブロック内にあるらしかった。

二メートル幅の中央通路と交差する個所には水汲み場が設けられていた。萎《しお》れた花を捨てるゴミ箱なども設置されている。そこで磯貝兄妹は右に折れて中央通路を北に向かって七区画ぶん進み、左に折れて角から五つ目が、目的の墓だった。

一区画は横幅が約一メートルで奥行は二メートル弱。磯貝家の所有する区画は、玉砂利が敷き詰められた敷地を低い石塀が取り囲んだ中、手前には敷石が二つあって、中央奥寄りに和式の墓石が立っていた。全体の高さは一メートル四〇センチほど。遠目にはグレーに見えていた墓石は、近づいて見るとグレーの基本色の中に白と黒の粗い粒が混ざった、天然のモザイク模様になっていた。表面がつるつるに磨かれた墓石も多い中、磯貝家の墓石はそういった「艶出《つや》し」ではなく表面のザラザラ感を少し残した「艶消し加工」で仕上げられていた。

竿石の正面には「磯貝家之墓」と彫られていた。窪《くぼ》んだ文字の部分には白い塗料が塗られていて、遠目からでもハッキリと読み取れるようになっていた。

墓地の中には歯抜けのように、更地のまま取り残された区画がぽつぽつと点在していた。売れ残りなのか、あるいは土地だけは先に買ったけどまだ誰も亡くなっていないので墓石はまだ建ててないとか、そういったことだろうか。通路を減らしてそのぶん多くの区画を売ろうとする墓地が多い中、この霊園は横方向の通路が二区画ごとではなく一区画ごとに通っているので、背中合わせにならずに、すべてのお墓が南向きに建てられている。そのぶん見通しは良く、比較的遠くからでも、磯貝家の墓を見張ることは可能なように思えた。張り込みには適した墓地と言えよう。

「ああ、もしかすると、これですかね」

古谷が不意に墓石の右側面を指差して言った。そこには故人の戒名《かいみょう》と、その下の右半分には命日が、左半分には俗名と行年《ぎょうねん》が彫られている。戒名はその側面に四人までならば並べられるサイズで、横幅は六センチほどか。その下の命日や俗名の部分はさらに半分ほどの文字サイズで、そのぶん彫りも浅くなっている。正面の題字と同様、彫られた部分には白い塗料が塗られているのだが、細かい部分の塗料が一部剝《は》がれていて、《平成十三年十一月五日》と彫られているうちの、《三》の中央の横棒が消えて遠目には《二》に見えていたり、二つ目の《十》がまるごとかすれていたり、《五》の真ん中のあたりが消えて《二》に見えたりして、白い塗料だけで見ると《平成十二年　一月二日》と見えてしまっている。

「よく見ればちゃんと彫られている数字は読めるのですが、遠目で確認した場合とか、視力が悪い人が見た場合などには、これだと命日が五日ではなく二日に見えてしまうことがあると思います」

「父のお葬式に来た人だったら、命日が何日だったか、お伝えしていると思いますけど」

「ちゃんとした報《しら》せが来なかった、のではないでしょうか。人づてにお父様が亡くなられたこと、お墓がこの霊園の北ブロックにあることなどを知り、ここまで来て命日を確認した。でも塗料が一部剝がれていたせいで、二日だと思い込んでしまわれた。それで二日に花を供えに来ている。凪子さんが五日に来て花を見つける。そんな三日のずれが生じたのではないでしょうか」

「だとすると、張り込みは二日に絞ってもいいと?」

俺が古谷に確認すると、

「いやそう決めつけるのは早計でしょうけど。ただこの《五日》が《二日》に見えてしまっていることと、謎の人物が毎月二日にお参りしていることの間には、何か関係がありそうです」

命日の左隣には《千里　行年五十才》と彫られていた。

「《せんり》さんとお読みしてよろしいのでしょうか?」

俺が訊ねると凪子が答えた。

「そうです。父は磯貝千里という名前でした」

行年の《五十才》の《五》の部分も一部塗料が剝がれていて、遠目だと《三十才》に見えてしまっている。塗料が剝がれているのは普段の手入れが行き届いていないからだと思ったのか、

「やっぱり掃除していくか」

磯貝翔太が妹に提案したが、水汲み場まで戻ったところで時刻は午後五時の五分前、今日は時間切れだからやめておこうという話になった。来週の日曜日、十一月五日は祥月命日、その際に業者を呼んで文字の塗り直しを頼むことにするという。

「それまでに、謎の人物について結論が出ているとありがたいんだけど」

磯貝翔太は古谷にそんなふうにプレッシャーを掛けてから、妹を連れて霊園を後にしたのだった。

4

十月三十日は代休となり、三十一日と十一月一日は張り込みと尾行に関しての打合せが、俺と古谷の間で行われた。

カラット探偵事務所内で仕事の打合せをしている。その貴重な時間を俺は存分に味わっていた。

一日の午後には磯貝凪子から事務所の番号に電話が掛かってきた。見た目重視のレトロな電話機には当然オンフック通話の機能も付いていない。古谷が一瞬だけ送話口を塞いで「妹さんです」と言ったので、俺にも相手が凪子だとわかったくらいで、通話内容も古谷の受け答えから推測するしかない。

「あ、明日は念のため、朝九時から行くつもりです。ええ。……えっ、う一ん、まあでも、人手は多いほうがいいかもしれませんね、今回の場合は。ちょっと待ってください」

そこで再び送話口を塞ぐと、

「明日は凪子さんも参戦していただけるんですって。いいですよね？」

早口でそう告げると、俺の答えも聞かずに、

「じゃあ八時半にお家の前で待っていてもらえます？　井上の運転する車に私も乗って、迎えに行きます。場所は契約書に書かれている住所でよろしいんですよね？じゃあ明日の朝八時半に。よろしく」

俺はその間、磯貝凪子が張り込みに加わることのメリットとデメリットを計算していた。メリットは当然、二手に分かれることができる、その二者の間で携帯電話による情報のやり取りが可能になる、といったところ。デメリットは素人《しろうと》が加わることで尾行に気づかれる可能性が高くなる点。まあ俺たちだって、尾行などは一度しか経験しておらず、素人と変わるところはほぼ無いのだが。

一夜明けて十一月二日。木曜日の朝八時過ぎ。

今日もスーツ姿の古谷を古谷第一ビルの前で拾い、前日にパソコンで予習しておいた最短コースを選んで八時半の五分前に磯貝家の前に車をつけると、凪子は先日とは色違いのロングスカートとセーター姿で、手には風呂敷包みを持って待っていた。

「九時から五時まで張り込みをするという話だったので、お食事をどうされるのか――まことに勝手ながら、簡単につまめる物を作って持ってきました。不要でしたら家に置いてきますけど」

「いや、それは助かります。きっと途中でいただきます。どうぞお乗りください」

今日はわずかしかない荷室のスペースに俺の折り畳《たた》み式の自転車を載せているので、後部座席の背凭《もた》れがまったく倒せない状態になっている。古谷をそっちに移動させて、凪子は助手席に座らせた。古谷は育ちが良いので普段から姿勢も良く、背筋が伸ばしっぱなしになる今日の後部座席でも、まあ何とかなるだろう。

「じゃあ、ぼちぼち行きましょうか」

古谷が言ったのを受けて、

「じゃあ行きます。シートベルトをしてください」

俺は先日に続いてそんなふうに流した。気づいてなかったわけじゃないんだよ。気づいた上でスルーしてたの。なぜそれがわからないかなあ。どうして依頼人の前で繰り返すかなあ。

山彦霊園までの道すがら、凪子の現在の職業が話題に上った。

「九月末から十月にかけて、毎日お昼に霊園まで日参していたことは、兄からお聞きになられてますよね? でも別にフリーターとかではなく、ちゃんと仕事をしてるんです。在宅でできる仕事で、実はイラストを描いてます。イラストレーターというやつですね。子供のころから絵を描くのが好きで、でも画家になって食べていける人はごく少数だと知っていましたし、父は自分の子供たちに公務員になれと事あるごとに言ってましたし、それで美術の教師になろうと、大学では教育学部の美術学科を選択しました。でも大学二年で父が亡くなったとき、教師にならなくてもいいんだと、正直そんなふうに思ったんですね。そこで商業美術に関していろいろと調べて、見つけたのが自費出版で有名な喜界堂《きかいどう》さん。自分の画のタッチがわかるようなイラストを何十点か送って、イラストレーターとして登録してみたところ、自分の本にイラストを載せたいという著者の方がけっこういらっしゃって、イラストレーターは何十人も登録されてるんですけど、けっこう私は指名が多いほうで、大学生のお小遣い程度には充分になったんですね。読書も好きでしたので、送られてくる原稿もパパッと読んで、イラスト五点の依頼なら絵になりそうな場面を五箇所選んで、作者が思い描いているであろう絵を想像して、構図を決めて、サササッと描く。一日で三万円ぐらい稼げるんですね。依頼が月に一件か二件ぐらいしか来ないので、それで生活できるとかではなかったんですけど。イラストを本業にしようと卒業して教職の資格も取って、でも採用試験は受けずに、イラストを本業にしようと決めて就職活動もせず、仕事を始めて三年になります。去年あたりから喜界堂さん以外からの依頼もぼちぼちと来るようになって、そこそこの収入が得られるようになりました。自由業というんですか。時間に縛られない仕事なので、毎日昼間にお出掛けすることも、やろうと思えばできるんです」

今日はベレー帽は被《かぶ》っていなかったが、細縁の丸メガネは相変わらず掛けていた。見た目からイメージしたとおりの職業だったんだと、俺は妙なところに感心した。

勤務時間の縛りもなく、家で仕事ができるのは、もちろんこの上なく楽ではあるだろう。ただしそんな生活をしていたら、人と出会う機会は確実に減るだろう。凪子が今日こうしてお重を持って、俺たちの張り込みに参加しようと考えたのも、そういう部分で求めているものがあったからではないか。俺はついつい警戒してしまう。

霊園の駐車場に車を乗り入れたのは八時五十五分だった。今日は朝九時から最長で午後五時まで、霊園の中をずっとウロウロすることになる。ちなみに閉園時刻を過ぎてもターゲットが現れなかった場合は、この駐車場に停めた車の中で張り込みを続けるものの、日が暮れたところで切り上げることが決まっていた。

古谷が車から降りて背伸びをしながら言った。

「管理事務所に話を通しておきましょう」

磯貝凪子は車に残して、古谷と二人で管理棟に向かったが、そこで頭の固い事務員に出くわしてしまった。

「誰でも入れるようになってはいますが、目的外での立ち入りは、認めるわけにはいきません」

「他の来園者の迷惑になるようなことはしません。むしろ迷惑な行為をしているかもしれない人を、突き止めようとしているわけですから、そのことを問題にするほうがおかしいとは思いませんか？」

俺は携帯電話で凪子を呼び出した。

「どうしました？」

「一瞬だけでいいから、こっちに来てもらえませんか？」

窓から見ていると、凪子が車を降りてこっちにやって来る。管理事務所に姿を現したところで、

「磯貝さんです。彼女はこの霊園の利用者です。彼女のお父さんのお墓が敷地内にあります」

俺がそう言うと、途端に職員は矛《ほこ》を収めて、

「当園の正当な利用者がおられるなら、入場は問題ないですし、九時に入った人が何時までいようが、それは来園者の自由なので、まあ他の人に迷惑を掛けない限りは、いていいですけど……」

俺たちは事務所の売店で、線香と白菊の切花を買った。今日は墓地の中で一日中、墓参者のふりをしなければならない。そういった小道具も当然必要になるだろう。

いったん三人で車に戻って作戦会議を行った。基本的には俺と古谷の二人が霊園の中で、磯貝家の墓が視認できる場所に陣取り、見張りを続ける。磯貝凪子は逆に基本的にはこの車の中で、何かあったときの予備要員として終日待機する。休憩や

ら飲食やらは交互に取る。

「井上さんが休憩でこの車に戻ったときに、もし目的の人物が現れたら、古谷さんは携帯電話を持ってらっしゃらないから、車にいる私たち二人には連絡の取りようがないですよね？　だったらその場合は、井上さんに代わって私が、古谷さんのところに行くべきでは？」

俺が古谷に携帯電話を渡した上でここに戻って来ればいいだけのように思うかもしれないが、古谷はまともに俺のケータイを使うことができない。凪子の言うことにも一理あった。結局、短いトイレ休憩などは別として、昼過ぎに食事休憩を三十分ずつ取るときには、俺と凪子が入れ替わることが決められた。

さて、いよいよ張り込みである。最初の一時間で、磯貝家の墓を見張るのに最適なポイントというのがいくつか見つかった。そのうちの八箇所を十五分ごとに移動して、二時間で一周するローテーションを、俺と古谷は午前中のうちに編み出していた。

磯貝家の墓を視界の隅に入れながら、目の前の《手老家代々之墓》の花立に花を挿し、線香を焚《た》いて、二人並んで手を合わせる。

「これって何て読むんだろう？」

小声で古谷に訊ねると、

「おそらくだけど、《てろう》だと思います」

「ちなみに今、もし目的の人物が磯貝家の墓の前に現れたらどうなる？　お参りをササッと済ませて帰って行こうとしたら。こっちはすぐに追い掛けなければならない。そのときに花は回収して行くか？　行かないだろう。尾行の邪魔にもなるし。そうしたら手老家で後日問題になるわけだ。これはミステリーだ、誰だか知らない人がうちの墓に花を供えて行ったたって」

「そうして謎が連鎖するというわけですか。磯貝家のお墓の前に現れた謎の人物を突き止めてみたら、実はまた別の謎の墓参者を張り込んでいた、同業他社の探偵さんでした、とか」

明日からは三連休だが今日はまだ平日。午前中から墓参に来る人はほんの一組、二組しか目にしなかった。それも管理棟に近い南ブロックばかりで、俺たちのまわりには誰も来ないまま、お昼休憩に入った。

電話で凪子を呼び出してから、俺が入れ替わりで車に向かう。凪子が持ってきた風呂敷包みの中には、三段のお重と水筒が入っていた。軽くつまめる物とか言っていたが、なかなか豪勢じゃないか。

何となく、彼女の気合いのようなものが感じられた。

磯貝家の墓石の右側面には、とりあえず四人まで、戒名が並べて刻めるようになっていた。磯貝翔太の父親が刻まれていて、母親もいずれはその隣に刻まれるのだろう。翔太自身も長男として、その墓に入るつもりでいるらしい。彼の妻、彼の子供も墓を守り、墓に入るのかもしれない。

凪子の場合はもし結婚をすれば、婚家の墓に入るのが普通だろう。見た目も可愛《かわい》いし料理も上手だ。ニットの胸の膨らみも、それはズルいよと感じる大きさだった。ただし今は相手と出会うチャンスがほとんど無い。

古谷は——大丈夫だろうか？

俺が食事を終えて霊園の中に戻ると、古谷が入れ替わりに車へと向かった。携帯電話を持つ二人が一緒にいても仕方ないので、凪子も古谷と一緒に車へと向かう。

午後になって少しずつ、霊園内には人の姿が見られるようになってきていた。

「お待たせしました」

「遅いって」

三十分ずつの休憩のはずが、古谷の昼食休憩は四十分を超えていた。

「まあまあ」

少しニヤついているように見えるのは、凪子が作った食事が美味《うま》かったからだと思いたい。

八基の墓を回るローテーションを午後からもう一度繰り返し、二度目に入った直後の午後三時過ぎ、四十歳ぐらいの少しやつれた和服の女性が中央通路を北進してきて、問題の角を左に曲がったので、俺たちは息を呑《の》んだ。

いよいよ現れたか。

だがその女性は角から二つ目、磯貝家の墓から数えて東に三つ目の墓の前で腰を落とし、花を供え始めた。線香を焚いて両手を合わせ、お墓に向かって静かに頭《こうべ》を垂れる。そして線香の煙が上る墓前から、五分後には立ち去っていた。

「今の――違うのか？」

「あの位置からではどうやっても無理です。実際、磯貝家のお墓の花立には何も挿されてません」

「イメージ的にはドンピシャだったんだけどな」

「そういう先入観が冤罪《えんざい》を生むのです」

さらに一時間が経過し、本日四度目となる手老家のお墓への供花《くげ》を始めていたときのこと。

西側の通路を北進する制服姿の少女の姿が目に入った。切花ではなくそのへんで摘《つ》んだような花を持っている。

磯貝家の墓のある通りで右折したが、俺たちはさほど気にしていなかった。位置的に、磯貝家の墓を訪れる者は必ず中央通路を使うだろうと思っていたからだ。中央通路からは五メートル、西通路からは十五メートル。しかも霊園への入口は三つとも東の道路側にある。西通路を通るのはどう考えても遠回りになるのだ。

しかし少女は角を右折してから十五メートル進んで、磯貝家の墓の前で足を止めた。

俺たちは内心で焦っていた。だがその焦りを態度に表すと少女に不審がられることもわかっている。

後ろ姿しか撮れないことはわかっていたが、とりあえず写メを撮り、凪子のケータイに送信した。シャッター音は秘密の操作で消してある。正面からの画が撮りたかったので、俺は古谷を連れて中央通路にいったん出ると、水汲み場まで後退した。古谷と談笑している感じで向き合った状態で、古谷の身体を盾《たて》にして、シャッターチャンスを狙う計画だった。

だが少女は十分後、中央通路ではなく再び西通路に姿を現した。復路も遠回りのコースを選んだのである。俺たちのいる横方向の通路まで下りてくると向きを変え、水汲み場のほうに向かってくる。俺は少女のほうを見ないように心の中で念じつつ、古谷に向けたケータイのカメラを一瞬だけ横にずらして、少女をフレームの中央に捉《とら》えることに成功した。

胸の中でひそかに「撮ったどー」と雄叫《おたけ》びを上げたが、今回の仕事はこれで終わりではない。むしろここからが大事であった。

5

水汲み場の前を直進し、東の道路への出口へと向かう少女をやり過ごしてから、俺と古谷は顔を見合わせて溜息を吐いた。

「いやー、油断してました」

そう言って古谷は笑顔を見せたが、俺は恐ろしいものを目にしていた。

少女の後ろ姿が柵の切れ目を出て、階段を下りて行く。未舗装道路の反対側、雑木林の手前に、一台の自転車が停めてあるのが見えたのだ。

「まずい。自転車だ。お前は走るな。気づかれる」

奴は革靴だが俺はスニーカーだ。靴音で気づかれる可能性は比較的低い。一メートルの段差と立ち並ぶ墓石の陰になって、俺の姿が未舗装道路から見られる可能性も低い。大丈夫だ。間に合う。

百メートルダッシュで管理棟まで戻ると、少女の自転車が未舗装道路をすーっと通って蕨街道を左折するのがちょうど見えた。

俺は駆け足の勢いを落とさないまま霊園を出て駐車場に駆け込んだ。車を降りて待っていた凪子が、

「女の子？」

と聞いてくるが、それどころじゃない。愛車のハッチバックを開けて中から折り畳み式の自転車を取り出した。組み立てるのにさらに一分かかる。

「今から追い掛ける。凪子さん、車の運転は？」

「いちおう免許は持ってますけど」

「じゃあ古谷を頼む」

そう言って車のキーを手渡すと、俺は自転車に跨《また》がった。時間差はすでに三分。ペダルを踏んで発車させる。

蕨街道に出た段階で、少女の姿はどこにも見当たらなかった。とりあえず間宮の

交差点に向かって全力で走るしかないが、相手が途中で街道を逸《そ》れていたらどうしようもない。

唯一の希望は、少女の着ていた制服に心当たりがあったこと。あのチェック柄のブレザーは、たしか田舞《たまい》中学校の制服だったはず。タマ中の学区に住んでいるのだとしたら、とりあえず間宮の交差点までの約五キロは直進でいいはず。

五分ほど全力で走っていると、遠くにそれらしき後ろ姿が見えてきた。追い付ける。

さらに二分で完全に尾行態勢に入った。速度を落とし、二十メートルほどの距離を置いて追い掛ける。

ポケットに入れておいた携帯電話が振動しているが、今は出られない。たぶん凪子からだろう。

間宮の交差点を過ぎた後も、少女はしばらくの間は蕨街道を走っていた。赤信号で停止することもあり、そのときには手を伸ばせば届く距離に尾行相手がいた。手足が細くてまだ子供体型にしか見えない。肩までの長さの髪を束ねてポニーテールにしている。霊園でカメラに収めた顔立ちは比較的整っていて、今こうして斜め後ろから右頬のあたりのカーブを見ていても、可愛らしい少女だという印象しかない。

しかし、まだあどけない中学生の少女がなぜ、五年前に死んだ税務署の職員の墓参りをするのか。俺の中で謎は深まるばかりであった。信号が青になって自転車は再び走り出す。

電柱の住所表示が「洗馬《あらいま》一丁目」になったところで、少女は速度を落とし、信号のない交差点でいきなり左折した。後を追って路地に入ると、一方通行路の左右に住宅やアパートが立ち並ぶ中、少女は一軒の家の前で自転車から降りようとしていた。塀の無い平屋の玄関の横。スタンドを立て後輪にロックを掛けている。俺は不審がられないように、その前を高速で走り去った。

何とか住んでいる場所は突き止めた。

そのまま自転車を走らせていると、用水路の堤《つつみ》に突き当たった。車が滅多《めった》に入って来ないような裏路地で、あたりには人の気配が無かった。俺は自転車を停めて深呼吸をする。

ちょうどポケットの中で携帯電話が何度目かの振動を始めたので、番号を確認してから電話に出る。

「はい。井上です」

「あ、やっと出てくれた。あの女の子に、じゃあ追い付けたのね？」

電話を借りて古谷が話すかと思ったが、凪子がそのまま相手をした。

「追い付きました。ちゃんと尾行して、住んでる家も突き止めました。蕨街道をずーっと走って間宮の交差点も過ぎて、洗馬一丁目というところです」

すると凪子は、少し言い淀《よど》んだあと、こう言ったのだった。

「さっきは流れの中で何となく、免許を持ってますって言っちゃったけど、実は免許、持ってないんです。聞けば古谷さんも持ってないって言うじゃないですか。どうしましょう？」

どうしましょうじゃない！

6

自転車で山彦霊園に戻った段階で午後五時を回っていた。空はすでに暮れかかっている。

折り畳んだ自転車を荷室に仕舞い込み、古谷を後部座席に座らせて、俺は愛車の運転席に着いた。古谷からもさんざん聞かれているだろうが、助手席の磯貝凪子に訊ねずにはいられなかった。

「結局、あの写メの少女に心当たりは無いんですね？」

「はい。洗馬一丁目のあたりに住んでいて、田舞中に通っている、中学生の女の子。そう言われてもまったく。もしかして、という想像はしてるんですけど。父の――」

その先はあえて言葉にしない――というか、できないようだった。

「とりあえず、行ってみましょう。名前もまだ確認してないんですよね？」

古谷に言われて、俺は頷《うなず》くしかなかった。いちおう玄関の前を通るときにそれとなく確認してみたのだが、表札にも郵便受けにも名前は書かれていなかった。

自転車で三十分以上かかった道のりも、車なら十分もかからない。洗馬二丁目で見つけたコインパーキングに車を停め、俺が先導する形で先ほどの家へと向かう。

最初は十メートルほど離れた場所から三人で遠巻きに眺めていたが、埒《らち》が明かないと思ったのか、古谷が意を決した様子で玄関へと向かった。白いボタンを押すと家の中でブザーが鳴った。

「はい、どなた？」

男の声がして、内側からガラガラと玄関の引戸が開けられる。立っていたのは四十歳ぐらいのジャージ姿の男だった。故人の愛人とその娘が住んでいるものと勝手に思い込んでいた俺は、その家に中年男が住んでいることがわかって混乱した。逞《たくま》しい体つきをしていて、鼻髭《はなひげ》を蓄えているのが特徴的だった。

「古谷と申しますが、こちらの家のお嬢さんについて、少しお話を伺いたいのですが」

俺たち三人が玄関に入ると、男は後退して式台に上がった。

「美月《みつき》が何かしましたか？ おい美月、何か知らんが三人ほど大人が来てるぞ。何した？」

玄関まわりは整理されているとは言い難かった。少女のほかに少年もいるのか、男子用と思われるスニーカーや玩具《おもちゃ》などが、廊下に散らばっている。上履《うわば》き入れに書かれた《四年三組 磯貝陽一》の文字が目に入った。

古谷も同時に気づいたらしかった。

「磯貝さん、でらっしゃいますよね？」

「そうだけど」

凪子を見るとブンブンと首を横に振っている。同じ苗字《みようじ》だが親戚ではないらしい。

そこで「あっ」と声を上げたのは古谷だった。俺も一歩遅れて真相に思い至った。

廊下の奥から、俺が尾行した中学生の少女――磯貝美月と、小学生の少年――彼が陽一《よういち》君なのだろう――が、顔だけを覗《のぞ》かせていた。

「奥さんは、亡くなられてますよね？　それはいつ？　御命日は？」

いきなり見知らぬ三人が家に押しかけて、玄関に入り込んで、亡き妻の命日を聞き出そうとしている。髭の男の不審顔も当然だった。だが男は素直に答えた。

「二〇〇〇年の一月二日だ」

「娘さんが今日、何をされていたと思います？　お母様の、月命日のお参りをされてたんです。ちなみにこちら、磯貝凪子さんと言います。五年前にお父様を亡くされて、山彦霊園にお墓を建てられています」

古谷がそう言うと、男は俺たちが何をしに来たのか、さすがに理解した様子だった。その場に正座をして、そのまま土下座をした。

「申し訳ないことを致しました。妻が死んでも墓を建てられない。建てる金がない。いちおう山彦霊園に土地は買ったんです。聖地って言うんですか。一区画を購入しました。でもそれだけで資金が底をつきました。娘がそのうちに、お母さんのお墓はどこ？　お墓参りがしたいと言い出して。霊園の中を歩き回りました。いちばん安そうなお墓を探して。せめてそれを下回らない、それと同じ墓を建てようと思って。これなら同じ墓を建てている人が他にもいると言えるお墓を建てようと決めて。そうしたら見つけてしまったんです。うちと同じ苗字の、《磯貝家之墓》と書かれた墓石を。次の年の正月、妻の命日には、子供たちを連れて山彦霊園まで墓参りに行きました。お父さんはようやくお母さんのお墓を建てたよって。年に一度のことです。貸していただいてもいいじゃないかと」

「ちなみにお骨は──あのお墓に入れたりはしてませんよね？」

「いえいえさすがにそんなことは。未だに納骨堂で一時預かりをしてもらっています。延長延長の繰り返しで」

それを聞いた磯貝凪子がホッとした表情を見せた。

古谷の追及はまだ続いていた。

「一年に一度、同じ苗字の書かれたお墓を、ただ借りるだけならまだ良かった。でもそれだけでは無かった。戒名の書かれた部分の塗料を削り落としたりしましたよね？　それは器物損壊の罪にあたります」

男はまた深く頭を下げた。

「すみません。白い塗料の一部を剝がすと、妻の命日になることに気づいてしまって。享年も三十歳だったんで誤魔化《ごまか》せると思って」

「でも石に彫られているもともとの文字は、どうしても見えてしまう。なので娘さんに、墓参に関して、嘘のルールを教えましたよね？　お墓には左から近づくのが決まりだと。お参りしたあとも左から帰らないとダメだと。そうすれば墓石の右側に書かれた命日などの情報が目に入らないで済むから」

「すみません」

古谷は大きく溜息を吐いた。

「謝る相手は我々ではなく、お子さんです。特に娘さんは、今年に入って――自転車通学になったことで行動範囲が広がったからでしょうか――自分で月命日のお参りをするようになった。あなたの知らないところで、他人のお墓にお参りをしていたんですよ。毎月毎月。それはさすがにひどすぎます。まだお骨の収められている納骨堂でお参りするほうがマシです。それが結局は、あなたが自分の見栄《みえ》のためについた嘘から来てるのです」

男はもう謝罪の言葉も口にしなかった。言葉では何を言っても不充分だとわかっているのだろう。

「今後は、とりあえずお子さんたちに対しては、嘘をつかないでください」

廊下の奥で顔を覗かせていた少女と少年は、気が付けばどこかに消えてしまっていた。自分たちの父親が土下座をしている姿を見ていられなくなったのだろう。

いつの日か、あの少女が、本当に母親の骨壺《こつつぼ》の納められたお墓に向かって、お参りをしている姿が見られますように。

File 14
「遊園地に謎解きを」

1

早朝には息が白くなるほど冷え込んでいたのだが、日の出とともに気温はぐんぐんと上がり、昼には汗ばむほどの陽気となった、二〇〇六年十一月九日のこと。近所の中華料理屋で一人昼食を摂《と》り、事務所に戻る道中に見上げた空は、雲一つない快晴だった。

俺はジャンパーを脱いで小脇に抱えていた。

こんな日はできれば外で仕事をしたいのだが、今週もすでに木曜日、わが事務所には仕事の依頼がいっこうに入る気配がない。まあ《謎解き専門の探偵事務所》などという酔狂《すいきょう》な看板を掲げている以上はそれも仕方のないことではあったのだが。

六階建ての古谷《ふるや》第一ビルに戻り、エレベーターで最上階に昇る。午後もまた鳴らない電話を待つだけの時間を過ごすのかと思いつつ、磨《す》りガラスに金文字で《カラット探偵事務所》と書かれたドアを開けたところ、

「井上《いのうえ》さん、お帰りなさい。いや、ケータイに電話を入れようかどうしようか迷っていたんですよ。結局、もうそろそろ戻って来られるんじゃないかと思って待って

いたところでした」

窓際のデスクに着いた古谷謙三《けんぞう》がそう声を掛けてきた。これは意外な展開だった。俺がいない間に——。

「依頼があったのか?」

「ええ、つい先ほど電話がありまして。依頼というか何というか——」

「待った。このあと人が来るのか?」

依頼人がもし車で来る予定だとしたら、ビルの目の前にある月極《つきぎめ》駐車場の契約スペースに停めてある俺の車を移動させておく必要がある。

「あ、いえいえ、われわれの方が出向くことになっています」

古谷はそう言いながらすでに立ち上がっていた。デスクの上で、一階の喫茶店から出前で取ったと思《おぼ》しき食器類を重ねている。出掛けに返却してゆくつもりなのだろう。

「車で?」

「ええ。運転をお願いします」

やった。ドライブだ。それだけで喜んでいた俺をさらに喜ばす一言がその後に続いた。

「行先は《倉津《くらつ》ファミリーパーク》です」

「マジか！」

本日のようなうららかな日差しの降り注ぐ午後の外出先として、これ以上の選択肢があるだろうか。

倉津市民にとっては、幼少時の思い出の場所であり、十代の若者にとってはデートスポットのひとつ、お父さんお母さん世代になると改めて見直され、休日に家族で出掛けたい場所ナンバーワンに挙げられる、地元で唯一の遊園地であり、心のふるさとと言っても過言ではない場所。

ただし一番人気のジェットコースターですらループもツイストもしない平穏なタイプで、あとは観覧車やメリーゴーランド、ティーカップなどといった定番の遊具類があるばかり。園内に《鳥獣館》が併設されているのが唯一の個性と言えようか。市の規模に見合っていると言えばそれまでだが、市外の人が積極的に訪れたくなる魅力には欠けており、市民でさえも一度訪れたらしばらくは大丈夫といったありさまで、かくいう俺も最後に訪れたのはたしか中学生のときだったはず。

「それで依頼というのは？　園内に埋められた宝を探してほしいとか？」

冗談まじりでそう言ったところ、古谷が目を大きく見開いて、

「おっと。実はほぼそれに近い話なのです」

詳しい話は車内で聞くことになった。市の北東部に位置する《倉津ファミリーパーク》まで、直線距離で約十キロ。車で二十分ほどかかるだろうか。脱いだ上着を膝の上に置き、ワイシャツ姿で助手席に収まった古谷が、ハンドルを握る俺に説明し始める。

「電話を掛けてきたのは七瀬《ななせ》さんといって、パークの企画部長だと名乗っていました。来園者をもっと増やしたいのだが、新しいアトラクションを追加するほどの予算はない。去年はレッサーパンダがちょっとしたブームになったので、一時的に来場者が増えたりしたのだが、そういうラッキーにばかり頼っていてもしょうがない――」

千葉市の動物園でレッサーパンダの風太くんの立ち姿が人気となった折りに、千葉まで行かなくてもウチのレッサーパンダも二本足で立ちますよと、ローカル局で放送されたのがきっかけで、《鳥獣館》のレッサーパンダのつがい、ジョンとメリーを見学するために、入場者が微増したのだという。いや、それにしても名前のセンス。ジョンとメリーって。

「そんな七瀬部長の目を惹《ひ》いたのが、あの、私たちが解決した《兎《うさぎ》の暗号》の事件。新聞記事にもなりましたよね。北島《きたじま》さんの筆によって。七瀬部長さんはあれを読まれて、たいそう感心した挙句《あげく》、こういう謎解きイベントを園内でやってみたいと思われたそうです」

「なるほど。それで？」

「それで今回、ウチに依頼が来たというわけです」

古谷の説明には何かひとつ、抜けている部分があるように思われた。

「謎解きの問題文を作った社員が急病で意識不明の重体になった、他の社員は答えを知らないので、宝物をどこに隠したらいいかがわからない、だから問題文を読んで、正解の場所を教えてほしい――とか？」

「いいえ。だから問題文はまだ無いんです」

「は？　じゃあ何を謎解きするんだ？」

俺がそう聞き返すと、古谷はわかってないなあといった感じで、

「謎解きをするんじゃなくて、今回はだから、謎作りですね。私たちが問題文を作るんです」

「えっ。マジか。でもあの《兎の暗号》を作ったのは、お前じゃなくて、石原卯吉《いしはらうきち》さんだろ」

「そうなんです。しかも自分の死後に残すということで全力で作られた。そのレベルを期待されてもね。ただし依頼人の七瀬部長は《あの問題が解けたなら同様のものが作れるはずだ》って仰《おつしや》って」

「それは無茶だ。暴論だ」

間宮の交差点を右折しながら、俺が異を唱《とな》えると、

「まあでも、《ちゃんと解けるように問題を作れ》という難問を、今回は解くのだと考えれば、一種の謎解きのようなものだと思えなくもないというか」

そんなよくわからないレトリックを駆使《くし》しつつ、なぜか古谷は、自分が先方の依頼に応《こた》えられるだろうという、根拠のない自信に満ちた態度を示すのだった。でもまあそれはいいだろう。俺もなぜかは知らないが、古谷が依頼人の要望に応えられるだろうという、根拠のない予想を立てていたのだから。

「ゼロからそういった問題文を作るとなると、遊園地の中を隅から隅まで見て回る必要があるだろうな」

俺がそう訊《たず》ねると「もちろんそうでしょうね」と答えが返ってくる。

「場合によっては乗り物に乗ったりする必要もあると」

「それもそうでしょうね」

だったらまあいいか。よし、今日は十七年ぶりに《倉津ファミリーパーク》を満喫するぞ。

2

専用駐車場は二割程度の埋まり具合だった。いくら天気が良くても、平日の午後ならまあこんなものだろう。

入場券売り場で古谷が名乗ると、売子《うりこ》さんが携帯電話で担当部署に連絡を取ってくれた。髪をポニーテールにしたスーツ姿の女性が現れ、ご案内いたしますと言って、俺たち二人を事務所棟まで先導する。

応接セットに案内され、出されたお茶に手をつけたところで、奥から巨漢の男が現れた。

「ようこそお越しいただきました。企画部長の七瀬です」

肩書きのわりに見た目は若く、四十歳前後だろうか。身長は一七〇センチほどで、体重はおそらく百キロを超えている。事務所内は冷房が効いていたが、当然のようにワイシャツ姿だった。右手にはハンカチを握りしめていて、一分ごとに額《ひたい》の汗を拭《ぬぐ》っている。

「初めまして。カラット探偵事務所所長の古谷謙三です。こちらは助手の井上です」

名刺交換が終わったところで、七瀬部長がさっそく本題に入った。

「概要は電話でお話ししたとおりなんですが、ああいった暗号文のようなものを作るのは、どのくらい難しいことなんでしょうか」

「それなんですけど、まず先に私のほうから質問をさせてください。イベントのイメージは、どういう感じなんですか？　私が思っているのは、謎解きイベントはあくまでもおまけのようなもので、入場者の多くはイベントのない日と同じように、普通に遊具で遊んだりするのが目的で入ってくる。でもその日は入場者全員に問題文が書かれた紙が配られて、好奇心を刺激された一部の人が謎解きに挑戦して、で、解読が正しく行われると、たぶん園内の特定の場所が解答として浮かび上がって、そこに隠されたお宝を最初に見つけた人が優勝者になって、イベントはそこで終了——みたいなのだと、あっという間に終了してしまう可能性もありますよね」

「それは古谷さんが作られる問題の難易度次第ってことになるでしょうけど、先着一名が正解したらそこで終了とはせずに、たとえば退園時に専用のボックスか何かで、解答を書いていただいた紙を回収して、正解者には後日記念品を郵送する、正解者多数の場合には抽選を行うといった形で対応することもできると思っています。あとイベント的には、事前にインターネットなどで宣伝をして、古谷さんがいま言われたイメージよりももっと、謎解き目的で来園される方の比率を増やしたい。イベントも一日限りではなく、できれば一週間とか一ヵ月とか、長期にわたって実施できればと思っています。問題用紙のデザインや印刷などの時間を考慮しても、今週末に出題部分が出来上がれば、十二月一日から始めてまるまる一ヵ月間とか、あるいはもっと前倒しにして、勤労感謝の日を含んだ飛び石連休のあたりで実施してみてもいいかなと。その場合は試験的な導入という形になるんでしょうけど」

「長期間の実施ということになると、今はそれこそインターネットに問題文がアップされてしまったらオシマイ、みたいな風潮があるじゃないですか」

という古谷の懸念に対しては、七瀬部長は案外楽観視しているようだった。

「いやいや、ディズニーランドやUSJならともかく、ウチごときが企画した謎解きイベントの問題文が、ネットに出回ることを心配するのもおこがましいというか。でも念には念を入れて、そういった事態を避けるために、問題文は、現地に行かないと解けないような作りになっていればいいんじゃないでしょうかねえ」

そういった点でも、あの《兎の暗号》はよく出来ていたと、七瀬部長は付け加えた。

古谷は腕組みをして、ソファの背凭《せもた》れに身体を預けた。

「実際に園内にいないと解けない問題文ですか。うーん、たとえば、ですね、園内には注意書きの看板のようなものがあちこちにありますよね？　遊具の乗り場のひとつひとつに、たとえば年齢制限だとか、遊具から身を乗り出さないようにしてくださいだとか、そういった注意事項の書かれた掲示板があちこちに掲げられている。その何文字目と何文字目を拾って書き写して、みたいな感じで、解答文を作成するようなやり方もありますよね？」

「それだとただのオリエンテーリングみたいなものになってしまうような気がします。あるいはスタンプラリーのような。園内の何ヵ所かにスタンプを用意してあります、全部のスタンプを押したら住所氏名を書いて退園時にボックスに入れていってください、後日抽選で素敵なプレゼントをお届けします、みたいな感じに。それだと他でもやっている、ありふれたイベントになってしまいます。そうじゃなくて、あの《兎の暗号》のように、謎を解いたときに感動するような――謎を解くこと自体がご褒美《ほうび》になっていて、記念品が欲しいんじゃない、そういう、知的なイベントとして胸を張れるような問題文を、できれば古谷さんにはご用意していただきたいんです」

七瀬部長はあの《兎の暗号》の記事によっぽど感動したのだろう。今回の企画でも問題文の出来には並々ならぬこだわりがあるようで、額の汗を拭いながらの熱弁ぶりには、俺も古谷も圧倒されるばかりであった。

「そうすると、問題文もやっぱり、ああいった感じで——たとえば和歌が三首、みたいな？」

古谷がおそるおそるといった感じで訊ねると、

「そうですね。あまり複雑そうに見えると、最初から無理だろうと思って考えない人がたくさん出て来てしまうだろうから、ぱっと見は誰でも解けそうに思える、でも実はけっこう難しい——かといって専門知識がないと解けないようでは困る、できれば小学六年生ぐらいまでが正解できるようなレベルであってほしい、でも誰でも解けるかといえばそうでもなく、だから一種のひらめきが必要な感じの問題になっていてほしいなと」

「なるほど。私がいまイメージしているのは、和歌になっているかいないかは別として、三つの謎々が問題用紙に並べて書かれていて、それぞれが園内の遊具を表していると。……ちなみにこの遊園地内に、遊具とか施設ってどのくらいあります？」

「あ、それなら資料が用意してあります」

七瀬部長はいったん自席に戻ると、一冊のバインダーファイルを持って戻ってきた。

「ウチのホームページに掲載されている文書や画像をまとめたものですが、園内の地図がこれです。赤丸に数字が書かれたものが遊具で、青丸に数字が書かれたものが施設関係です。遊具は全部で二十四、施設は全部で八つですね。この事務所棟のように一般客が入れないものも書かれているので、それを除いたら施設は六つです」

俺としては、こんな地図を見ているよりも、実際に外に出ればいいじゃないか、快晴の空の下、実物の遊具を見て回ればいいじゃないか、乗ればいいじゃないかと、古谷に言ってやりたい気持ちでいっぱいだったが、古谷はますます地図に顔を寄せ、

「たとえばですね、三つの謎々を解いた答えがそれぞれ、この十一番のスカイサイクルと、十五番のこの森林鉄道と、あと青の一番のこのお化け屋敷だったとしま

す。で、チラシの表にこの地図が印刷されていて、裏面にはイベントの説明とか、三つの謎々とか解答欄とかが印刷されているんですけど、表のこの三つの数字の丸の真裏に、それぞれ対応するように文字がひとつずつ印刷されていて、その三つの文字を並べて正解になるというような仕掛けはどうでしょう?」

古谷のアイデアを聞いた七瀬部長は、感動したといった表情を浮かべてポンとひとつ手を叩《たた》いたものの、

「ああ、でも、アリかナシかで言えば、残念ながらナシでしょうね。それだと表《おもて》面《めん》と裏面の印刷が少しでもズレたらすべてがオジャンになってしまいますから。そこまでの緻密《ちみつ》さを印刷物に求めるのはちょっと厳しいかなと。ただ今のアイデアだと、チラシの画像がネットにアップされても、それだけでは正解に辿《たど》り着けないという点で、とても優れたものだったと思います。実物のチラシを持っている人だけが、そういった表裏の対応を確認できる。たしかに面白い発想です。そういう感じでやっていってください」

「じゃあ……そろそろ実際に、園内を見て回りますか」

古谷はそこで俺のほうをチラッと横目で見ると、

「井上さんがさっきから、早く外に出たい、園内を回りたいと、全身で訴えてまし

たし」

「いや、そんな――」

俺はあわてて否定した。一方で七瀬部長はそんな俺たちのやり取りは意に介さずといった感じで、ポニーテールの女性に地図を渡すと、カラーコピーを三枚取ってくるように命じていた。

「では参りましょうか」

コピーが用意されたところで、七瀬部長がそう言って立ち上がった。

そうか、彼も同行するのか。まあそりゃそうか。

なぜか俺はその瞬間まで、古谷と二人きりで園内を回るつもりでいたのだった。

3

俺がジェットコースターなどの乗り物に乗りたがっているのを承知の上で、意地悪をするかのように、古谷が最初に向かったのは《鳥獣館》だった。

館内は大きく獣エリアと鳥エリアに二分されていて、獣エリアには去年少しだけ人気になったというレッサーパンダのつがいの他に、カワウソ、カピバラ、ワラビ

―などが飼育されていた。続く鳥エリアでは孔雀《くじゃく》、梟《ふくろう》、九官鳥などが見られた。ここはメスしかいないのですか?」

「孔雀のあの派手な羽根を持っているのは、たしかオスだけでしたよね。ここはメスしかいないのですか?」

古谷が七瀬部長に質問をしたところ、

「いえいえ。あそこにいる、あの他より少しだけ大きい個体が、実はオスなんです。あのみなさんが思い浮かべる孔雀の羽根ですが、完全に生え揃《そろ》っているのは春先から夏前ぐらいにかけての期間限定で、今の時期にはすっかり抜け落ちてしまって、メスと大差なくなってしまうんですよ」

「へえ、そうでしたか。それは知りませんでした」

古谷でも知らないことがあるのか。まあ俺も知らなかったのだが。

《鳥獣館》を出て次に古谷が向かった先はお化け屋敷だった。先に青丸の施設から回っていくつもりらしい。

俺はお化け屋敷には入らなかった。問題文を作るのは古谷であって俺ではない。

ぽかぽか陽気の中、さんさんと降り注ぐ陽光を浴びているだけで、どうしてこんなに気持ちが良いのだろう。

園内はとても賑《にぎ》わっていると形容できる人出ではなかったが、かといって寂《さび》れた雰囲気でもない。未就学児を連れた母親や、あるいは祖父母の世代なのか、子供を連れてのんびり歩いている人の姿がそこここに見られる。出会う人々のほとんどが笑顔なのが、俺の気分をさらに良くしていた。

食堂や売店、トランポリンといった施設では、中の様子をぐるっと見て回っただけで、食べたり買ったり跳ねたりはせずにすぐに外に出た。

「売店を答えのひとつに入れてしまうと、謎解きに挑戦している人たちが、買うつもりもないのに商品を手に取ったりいろいろして、面倒なことになりそうですから、それは避けておいたほうがいいでしょうね」

七瀬部長にそんな話をしている古谷は、ちゃんと仕事モードを貫いているようだった。

青丸の施設を回っているうちに、気が付けば遊園地の西の外れまで来ていた。日《ひ》除《よ》けと雨除けも兼ねているのだろう、金属の支柱にテント地の覆《おお》いが張られた下に、コイン式の電動遊具が五つ並んで設置されているコーナーがあった。いささか寂れた雰囲気が漂っていて、さすがにここには人の姿は無かった。

消防車、白バイ、ダンプカーといった乗り物類の横に、ウルトラマンとアンパンマンが並んでいる。後者は俺が密《ひそ》かに《サバ折りヒーロー型》と呼んでいるやつだ。この一貫性のなさから見るに、これらは遊園地が主体的に入手したというよりは、街中の駄菓子屋などが閉店する際に引き取られたものの集まりなのだろう。

早くもワイシャツの背中に汗染みを浮かべていた七瀬部長は、ウルトラマンの背中をベンチ代わりにして、日陰に入って額の汗をハンカチで拭いながら、大きく息を吐いていた。いま百円を投入したら、七瀬部長を乗せたウルトラマンは果たして動くだろうか。それとも壊れてしまうか。そんなことを俺が密かに思っていると、

「じゃあそろそろ、乗り物に挑戦しましょうか」

古谷の口からようやくその一言が出たのだった。待ってました。

幸いなことにと言っては何だが、七瀬部長は乗り物系のアトラクションにはほとんど同乗しなかった。乗り場で俺たち二人を見送って、戻ってくるのをただ待っている。何か質問があった場合には、古谷が下りてからでも応対はできるという判断なのだろう。あるいは体重制限をオーバーしていたのかもしれない。

結果、ジェットコースターには古谷と二人で乗ることになったのだが、その結果、彼がそういった乗り物類を苦手にしていることがわかった。最初の急な下りに掛かったときに「おほっおっおっ」という謎の声が奴の口から洩《も》れたのである。二度目の急坂からのヘアピンカーブでも同様に「おほっおっおっ」と聞こえたので間

違いない。

　この程度のコースターでさえそんな反応なのだから、いわゆる「絶叫系マシン」に乗ったらいったいどうなってしまうのだろう。

　ちなみに《倉津ファミリーパーク》にあるもうひとつのコースター、といってもほとんど上下動もなくスピードも緩やかな《直角コースター》という乗り物があるのだが、その乗り物に乗ったときに「おほっおっおっ」の回数が増えたのが俺には意外だった。ジェットコースターとは違ってレールの先が車体の死角に入っていて、コースの先が読めない上に、曲がるときには進行方向がガクンと九十度、いきなり変わるので、たしかに謎のスリル感が味わえるのだが、古谷がその度に奇声を発するのは、所長の威厳的な意味でどうなんだろう。

「いやーなかなか予想外の動きをして面白かったですね」

　終点のプラットホームに着いたときに、笑顔でそんな感想を俺に言ってきたので、もしかすると自分が「おほっおっおっ」という奇声を洩らしていることに、気づいてすらいないのかもしれない。

　二つのコースターの後に古谷がティーカップに向かうと、乗り場には二家族五人の列ができていた。係員がいないのでどうしたのかと思っていると、じきにメリーゴーランドのほうからこちらに向かってくるのが見えた。後ろに五人ほどの客を従えている。

「一時間に四回だけしか動かないんですね」

「人手不足でしてね。あの係員が三つのアトラクションを掛け持ちしているんですよ」

よく見ると乗り場の掲示板に《動作時刻。平日は各時10分、25分、40分、55分》と書かれていた。係員は乗り場のゲートを開けて客を中に入れると、腰からぶら下げていた鍵を操作盤に挿《さ》し込んで、機械をスタートさせた。陽気な音楽がスピーカーから流れ出す。

俺と古谷は胴体に《6》と大きく書かれたカップを選んで着席していた。十脚《きゃく》のカップを乗せた床全体がゆっくりと左回りに回転を始め、さらに五番と六番のカップを乗せた小さな円が右回りに回り出す。五番のカップとの距離は一定だが、その他のカップとの距離が不規則に近づいたり遠のいたりしている。さらに古谷がおそるおそるといった感じでハンドルを回し始めると、俺を取り巻く世界がさらに不規則に運動し始めた。

ぐるぐる。ぐるぐる。俺の視界の中で、古谷の姿だけが常に同じ位置に見えている。あとのものは、世界のどこにも存在していない。

普段は乗り物酔いなどまったく縁のない俺だったが、このティーカップを降りたときだけは、やや気分が悪くなってしまっていた。

「ちょっと調子に乗りすぎてしまいました。すみません。少し休みましょう」

近くにベンチがあったので、俺はそこで仰向《あおむ》けになって休んだ。目を閉じていると、古谷が七瀬部長に質問をしている声だけが聞こえてきた。

「あのコーヒーカップの乗り場の横に、ポットがあるじゃないですか」

「コーヒーカップじゃなくてティーカップです。ええ、たしかにポットの形をした造形物がありますね。あれは切符売り場です。この遊園地ができた当初は、ティーカップの切符をあそこで売っていたのです。ティーカップだけじゃなくて、ほとんどの乗り物の切符は、それぞれの乗り場のすぐ横で売ってました。ジェットコースターなら階段の上り口のすぐ脇ですね。ただ人件費が嵩《かさ》むのでその方式はじきに取り止めになって、入場時に回数券を買って入る方式に変わりました。今ではその回数券も無くして、入場後は乗り放題という方式になりました。そのぶん入場料は高く設定していますけどね」

「他の売り場は撤去されたのですか」

「ええ。他は普通の小屋でしたから。あのティーポットの形をした売り場だけは、ああいう形で作られたので、乗り物に合わせたオブジェとしての価値が認められて、ああやって残されています。一時期はあそこでポップコーンを売ったりもしてみたのですが、結局は赤字になってやめてしまって、それ以来、あそこの窓口はシャッターが下りた状態のままです。何か再利用のアイデアがあったりしますか？」

「うーん、だったらあのコーヒーポットを、謎解きの答えにしたらどうでしょう」

「コーヒーポットじゃなくてティーポットです。……そうですね。今回の謎解きイベントで、何らかの形で復活させてみても、面白いかもしれませんね」

4

十分ほど休憩したところで、俺はベンチから起き上がった。

「次はじゃあ、動きの少ない乗り物にしましょうか」

そう言って古谷が選んだのは観覧車だった。乗り物系のアトラクションの中で、乗り場に係員が常駐していていつでも乗れるのが、二つのコースターと森林鉄道と、あとはこの観覧車だという。

「観覧車だったらわたしも乗れます」

七瀬部長が嬉しそうに言う。たしかに今回は同乗してもらったほうが良いかもしれない。

謎解きイベントが実施された際には、参加者の多くがこの観覧車に乗りたがるだろう。謎を解くには全体を俯瞰《ふかん》する視点が必要になるからだ。だったら問題を作る側にも、同様の視点が必要とされるはず。

観覧車のボックス内では当然ながら、俺たち二人が片側に並んで座り、もう片側に七瀬部長が一人で座った。古谷も七瀬部長も、必要以上にボックスを揺らさないように気を使ってくれているのがありがたかった。

「何か思いつかれましたか」

「そうですね。鳥獣館はこの遊園地独自の施設ですから、何らかの形で絡《から》めたいという気持ちはあるのですが、そういう気持ちがあるだけで、まだ今のところは何も思い付いていません」

「あとはティーポットも使いたいと仰られていましたが」

「あそこの窓口を開けておいて、たとえば第一の問題用紙を解いた人があそこに行くと、答え合わせをして、正解していたら第二の用紙を配るとか。いやそうすると二倍の問題を作らなきゃならないのか。うーん、だったら問題用紙じゃなくて、一種のヘルプ的な感じで、ヒントを配ったりしたらどうでしょう」

そんな話をしている間にボックスは次第に高度を増してゆく。もうじき頂点に到達するというあたりで、古谷が自分のすぐ横の窓から外を見下ろして、

「コーヒーカップが動いているのが見えます」

「コーヒーカップじゃなくてティーカップです」

七瀬部長は律儀に間違いを指摘する。

「そうでした。そろそろ間違えないようにしないと。ティーカップですね。……こうやって上から見下ろすと、大きな円の中で五つの小さな円が、それぞれ規則性を持って回っているのがわかります。でもカップのひとつに乗っている状態だと、自分以外のカップが不規則に動いているように見えていました。これって天体の動きに似ていませんか？　太陽系の中の惑星の動きの、まさに《惑う星》と認識されていた動きに。カップの数が十個じゃなくて九個なら、惑星をヒントにしてあのコーヒー、じゃなかった、ティーカップを答えにしても成り立つというか。最近話題にもなりましたし」

「冥王星《めいおうせい》のアレですか？」

七瀬部長が言ったのにひとつ頷《うなず》くと、

「はい。準惑星というカテゴリーを追加して、惑星からそこに降格させたというアレです。いや、月を入れて十個にしたら、今のままでも成り立つかな。《すいきんちかもくどってんかいめい》に《つき》を足して――いや《すいきんかーもくどー》に入れるなら《つき》じゃなくて《げつ》のほうか。《すいきんちかもくどってんかいめいげつ》――」

そう言いながら古谷は、一文字ごとに右手の指を折って文字数を数えた。

「十八文字か。五・七・五の字余りで収まる。となると今回は短歌じゃなくて俳句になるのかな」

古谷がそこで「何か書くものが欲しい」と言い出したので、俺はバッグの中からボールペンを見つけ出し、奴に手渡した。受け取った古谷はすぐ横の窓ガラスをテーブル代わりにして、コピー用紙の裏面に、平仮名でくだんの十八文字を書き並べた。

「ひとつ目が出来そうですか」

七瀬部長が期待に満ちた目でそう訊ねると、

「ええ。この十八文字を並び替えて何か文章を作ります。アナグラムです。謎を解くにはその文章をバラバラにして並び替えて、この《すいきんちかもくどってんかいめいげつ》を導き出さなくてはならない。地球を含めた九個の惑星と——正確に言うと地球を含めた八つの惑星と準惑星ひとつと、そして地球の衛星ひとつの、合計十個の太陽系を代表する天体が含まれていることに気づけば、十個のティーカップという答えが導き出される。ただしアナグラムは解くのが難しい。使われている文字の偏《かたよ》りから閃《ひらめ》くかどうかの勝負になる。そもそもアナグラムであるという確証もない状態では取っ掛かりがなさすぎるか。うーん。でもそのくらいの難度はあってもいいような気がしますし」

古谷がそんなふうに一人で悩んでいる間に、観覧車はひと回りしてしまった。ボックスを降りた古谷は書き物をするテーブルが欲しいと言う。俺たちは食堂に移動することにした。

席に着いてわずか十分後。コピー用紙の裏を使って古谷が作り出した問題文がこれだった。

外科医も好き　メンチカツ丼　食っていい？

「いや、《外科医》は《下の世界》と書く《下界》のほうがいいかな。そのほうが観覧車とかスカイパラシュートにミスリードできるし。まあそこは後で決めましょう。ともかくこの問題文、漢字の読みには紛れもないし、十八文字の平仮名に直したあとは、並び替えで《すいきんちかもくどってんかいめいげつ》にすることができる。冥王星のニュースが記憶に新しいので《すいきんちかもく――》は小学生高学年ぐらいならほぼ知っている。太陽系の十個の天体だとしたらこの園内で対応するのはあのティーカップしかない。……どうですか？」

「この問題文の答えが《ティーカップ》ですか。うん、これは相当な難問ですね」

「ちなみにこの食堂のメニューに、メンチカツ丼ってあったりします？　いやないか。そもそもメンチカツ丼ってどうなんでしょうね？」

「カツ丼のカツがロースカツじゃなくてメンチカツのものですか？　それは美味《おい》しそうですね」

七瀬部長はそういう食べ物が目の前にある状態を想像したのか、異様に目を輝かせていた。

一方で古谷は何か別のことを考えているらしかった。

「そうか十脚のティーカップか。テン・ティーカップス。だとしたらピーコック・

フェザー……そうか、鳥獣館には孔雀がいましたよね」

「ええ。今は残念ながら、あの特徴的な羽根が抜けてしまっていますけど」

七瀬部長が念を押すように言う。謎解きイベントに孔雀を絡めるには時期が悪いと言いたいのだろう。古谷は構わずに、

「孔雀は英語で peacock 。そしてこの問題文の正解は英語で teacup 。それぞれの頭文字は《P》と《T》です。あとは真ん中に《O》が来れば《POT》が最終的な答えになるんです。あのティーポットが謎解きの答えにすることができるんです。あと音的にもティーカップとピーコックは似ています。孔雀の英語は小学生には難しいかもしれませんが、たしか金網に孔雀の説明文が貼られていましたよね？あそこに英語表記とフリガナが書かれていた記憶があるのですが――でしたよね？」

「ええ。たしか英語表記もカタカナの読みも書かれていました。だからちゃんと観察していれば、小学生でも答えられると思います。あとはオーで始まる似たような単語があれば、問題文が完成するんですね？」

七瀬部長がそう言うのを聞いて、俺は瞬間的に思い付いたことをつい口に出してしまった。

「オーザック……」

古谷はふふっと鼻で嗤《わら》うと、

「たしかに音的には同じ系列ですが、この遊園地とは何の関係もないですから」

「美味しいですけどね」

七瀬部長がフォローをしてくれたが、そういう問題でもない。

古谷が何か思いついた様子で、

「《お化け屋敷》という日本語は、英語表記を求められたとき、一般名詞なら haunted house になるでしょうが、固有名詞だった場合はそのまま obakeyashiki になるんじゃないですか？　で、ここの《お化け屋敷》は固有名詞ですよね？」

興奮に水を差すようで悪いと思いつつ、俺は間違いを指摘した。

「《お化け屋敷》だと《お》がひとつしかないですよ所長。いま必要なのは《お》が二つの《おお》か、《お》の後に長音記号がついた《おー》ですよね？　《大阪城》とか《オーストラリア》とか。《おー化け屋敷》はちょっと強引じゃないですか？」

するとと古谷が不思議そうな目で俺のほうを見た。

「井上さんはいったい何を仰られているんですか？」

「だから――」

七瀬部長の前だからタメ口を抑えていたのに、ついいつもの調子で話しそうになってしまった。

「こういうことじゃないんですか？」

古谷の手からボールペンを奪い、メモ用紙と化している奴のコピー用紙の裏面に書き足した。

Pコック
O
Tカップ

「Oのあともできれば三文字で揃えたいし、その三文字の真ん中に小さいッが入ればもっといいけれども、そこまで求められると、それこそ《オーザック》ぐらいしか出てこないから――」

「ああ、井上さんはこういうふうに解釈されてたんですか。だから話が――いや、でもそうか。四文字のマス目が三つ並んでいて、最初の文字を縦読みしたのが最終的な答えですと。ティーカップが四文字には入らないと思わせておいて、まさかの《ティー》がアルファベットの《T》で、《くじゃく》はそのまま四文字で《く》が使われるかと思わせておいて、実際には《ピーコック》の《ピー》がアルファベットの《P》で四文字になる。このヒネリはすごい。そうだ。解答欄はだからこうなってるわけです」

古谷は俺からボールペンを奪い返すと、コピー用紙の裏面の余白に以下の図を描いた。

①の答え				
②の答え				
③の答え				

「どうですか、七瀬さん」

「はい。わたしにもようやくイメージが見えてきました」

「あとは井上さんが仰ってたとおり、《お》が二つの《おお》か、または《お》に長音記号のついた《おー》で始まる単語を見つけることと、《孔雀》が正解になるような五・七・五の問題文を作ることができれば、より完成に近づきます。七瀬さんはこの遊園地内に《オー》で始まる遊具とか、《おお》で始まる動物とかがいないか、いま一度思い返していただければありがたいです」

「おお……」

「そうだ。鳥獣館に大鷲《おおわし》はいませんでしたか?」

「大鷲はいません。あと鳥獣館から孔雀ともう一匹を出すのは、バランスが悪くないですか?」

「たしかに……それもそうですね」

俺も自分用の地図のコピーをもう一度見直してみた。どこかに《オー》または《大》のつく遊具はないか。見落としはないか。

5

　ふと窓の外を見やると、陽光がハレーションを起こしている風景の中を、家族連れが仲良く歩いている姿が目に入った。

　俺たちはなぜこんな好天の日に屋内で過ごしているんだ。

　地図上には見つからなかった《O》も、実際に外に出てみれば、案外簡単に見つかるんじゃないのか。たとえばメリーゴーランドのどこかに、王子様の絵が描かれているかもしれないじゃないか。《Oじさま》なら文字数もピッタリだ。

　七瀬部長は空調の効いた屋内のほうが過ごしやすいと感じている様子だった。俺と同じ地図のカラーコピーに目を凝《こ》らしていたが、ときどき視線を宙に向けて何やら思い出そうとしている様子。

　古谷は相変わらずコピー用紙の裏面に何かを書きつけている。しばらくして、

「こんな感じでどうでしょう」

　奴が俺たちに示して見せたのは、答えが《孔雀》になるように作られた問題文だった。

①「あなたから　涼めと言われ　風あおぐ」

七瀬部長が一瞬きょとんとした顔を見せた。ちょうど右手に持ったハンカチで自分の顔を扇《あお》ぐような仕草をしているところだったので、自分のことを書かれたと思ったのかもしれない。

改めて古谷が説明をする。

「孔雀といえば何と言っても特徴的なのが、あの扇《おうぎ》のように広がる、目玉模様の入った鮮やかな緑色の羽です。なので扇《せん》子《す》といったワードから、孔雀を連想させることが可能だと判断しました。あと孔雀を漢字で書くと《孔《あな》の雀《すずめ》》と書きます。子供偏の《孔》ですね。なので《あな・すずめ》を織り込んでみようと思いました。普通に読んでも《涼め》の部分が気になると思います。そこから《雀》という字を連想して、扇のイメージとあわせて《あなすずめ》に思い至ることが可能だと思いますが――どうでしょう？」

「なるほど。たしかに《孔雀》という正解のワードに思い至ったときに、これが正解だと確信するのに充分な、納得性というか、そういったものがあるように思います」

七瀬部長は、まずはそんなふうに古谷の手腕を褒《ほ》めたあと、その一文の上に書かれた《ティーカップ》の問題文を指差して、

③「外科医も好き　メンチカツ丼　食っていい？」

「それと比べることによって、今度はこちらの問題文が気になってしまいました。アナグラ……文字の並び替えによって《すいきんちかもくどってんかいめい・げつ》の惑星その他、太陽系の十個の天体が導き出されるという部分には、ナルホドと思わされましたが、その十個の天体がイコールであのティーカップに結びつくと言われても、ちょっとピンと来ない部分があったんですよ。もちろん天動説と地動説――実際にカップに乗っているときと観覧車から見下ろしたときで、見え方が違ってくるというのは、たしかにそのとおりだと思いました。ただ謎解きに参加された一般の人たちが、《すいきんちかもくどってんかいめい》まで解読できた場合を考えたときに、だからティーカップが正解だと言われて、どれだけ納得してもらえるかというと、いささか――いいえ、かなり難しいんじゃないかと思うんですよ」

七瀬部長の主張には俺も同意せざるを得なかった。古谷もしばらく考えたあと、

「たしかに、そうかもしれませんね」

そう言って、二本線で最初に作った問題文③を消したのだった。

「もっと直接的にコーヒー、じゃなかった、ティーカップそのものを連想させる問題文を、考えてみることにします」

そう言って五分ほど考えていたかと思うと、またボールペンの芯《しん》を出して何かを書きつけた。

③「どうりんに　天のゆめ乗せ　回る午後」

「小学生にはちょっと難しいかもしれませんが、元素記号で銅は《Cu》、リンが《P》だったはずです。なのでこの《どうりん》で《CUP》、カップを意味しています」

という古谷の説明に対する、七瀬部長の反応は、アナグラムの問題文のときとは明らかに違っていた。これこれ、こういうのを待っていたんですと、その巨体の全身で語っていた。

「あとはカップの数が十個というのを、この《天》で表しています。最後の《午後》は《午後の紅茶》を連想させるためのワードです。言われてみれば《ティーカップ》で間違いないという確信が得られますよね」

「《どうりん》で《CUP》という部分が決定的ですからね」

「その割に問題文をパッと見ただけでは、そう簡単には正解に思い至れない。《どうりん》を漢字に直そうとすればまず思い浮かぶのが《動く輪っか》と書く《動輪》で、その動輪からまず思い浮かぶのが汽車でしょうから、森林鉄道にミスリードさせることができているんじゃないかと思いますし、あとはこの《天》という字ですね。空を連想するだろうから、スカイサイクルとかスカイパラシュートとか、そっちに目が行くんじゃないかと思います」

「《回る》と言われても、ティーカップ以外にもいろいろありますからね」

七瀬部長の言うとおり、遊園地の遊具には基本的に回るものがけっこうある。メリーゴーランドだってそうだし回転ブランコも観覧車も該当する。あとは何があるだろうか――コイン式遊具のあの動きはさすがに《回る》とは言えないか――。

そこで「あっ」と思わず叫んでしまった。

「どうされました？　井上さん？」

「あった。《O》があった。オートバイだ。あのコイン式の遊具のところに、白バイがあったじゃないですか」

「ああ、たしかに。そういえば」

七瀬部長がぽんと大きく手を叩いた。古谷も得心《とくしん》した様子で、

「なるほど。《Oトバイ》で文字数もちょうどいい感じですね」

あとは問題文を作るだけだった。これはそんなにひねる必要はない、その代わり現地で実際に物を見ないと答えがわからないようにしよう、という基本方針が古谷と七瀬部長の間で決められて、そこからは早かった。

②「にしのはて　不動のいこい　白きもの」

実際に《倉津ファミリーパーク》の西端まで行ってみれば、他のアトラクションのようには動かない、その場で上下動するだけの五台のコイン式遊具が見つかるだろう。あの憩《いこ》いの空間。五台の中で白いものはと言えば白バイに決まっている。

「この《白きもの》の部分で《白い着物》を連想する人がけっこういるんじゃないかと思うんですよ。だから《白装束《しろしょうぞく》》で《お化け屋敷》のミスリードになってい

るんじゃないかと」

「出来ましたねえ」

七瀬部長は感心した様子を隠そうともしなかった。

「《孔雀》《白バイ》《ティーカップ》の三つすべてを正しく思い浮かべても、解答欄に《くじゃく》と《しろばい》と書いて《てぃーかっぷ》が入らない、《紅茶茶器》と書いて無理やり入れても、太字の枠を縦読みしたら《くし紅》では意味が通らない。《孔雀》じゃなくて英語で《ピーコック》、《白バイ》じゃなくて《オートバイ》、さらにそれぞれの《ピー》と《オー》をアルファベットに変換しなくてはならない──でも《ティーカップ》を無理やり四枡《ます》に押し込むために《ティー》をアルファベットで書くということに思い至れば、他の二つも《Pコック》と《Oトバイ》だとわかって、最終的に《POT》に辿り着く。うん。元素記号の部分は小学生には難しいかもしれないけど、問題の難度としてはちょうどいいものが揃ったんじゃないでしょうか。これで行きましょう」

というわけで、古谷は今回も難なくミッションをクリアしたのだった。

6

七瀬部長から「これでOK」との太鼓判をいただいたのは、まだ午後三時をいくらも回っていない時刻だった。

俺の希望が通って、俺と古谷はその後、閉園まで好きな乗り物に乗っていった。

翌週になって先方から正式な契約書が届いた。すでに問題文作成に成功しているのがわかっているのに《甲の要求する成果が得られなかった場合でも乙には一〇、〇〇〇円の報酬を支払う》等と書かれていたのが興味深かった。

成功報酬は《五〇、〇〇〇円》とのことで、標準的な相場がどのくらいかわからないので高いか安いか判断がつかなかったが、古谷の実働がたったの二時間であったことを知っているので、まあ二時間で五万円なら充分だろうなと俺は思った。

ここからは後日談である。

古谷の考えた問題文は一部に修正を加えた上、ヒントも付されて、最終的に以下のようになった。

①「あなたから　涼めと言われ　風あおぐ」
②「にしのはて　ソロ歌いつつ　白きもの」
③「どうりんに　天のゆめ乗せ　回すごご」
（ヒント）宝を見つけて取ろう。実際に行ってみよう。29と15に注目。

三つのヒントは三つの問題文に対応していた。《あなたから涼め》から《たから》を取れば《あなすずめ》が導き出される。《西の果て》に実際に行ってみれば古いコイン式遊具が、種類はバラバラだがいちおう《五つ》集められていて、ある意味《揃うた》と表現していい状況だと判断できるだろう。そして29は銅の、15はリンの原子番号である。

これらのヒントを加えて難易度を調整した上で、《以下の三つの問題文はそれぞれ、園内に存在する「何か」を表しています。その三つを解答欄に記入すると、太枠の中にまた、園内に存在する「何か」が浮かび上がります。それが最終的な「答え」になります。三つの「何か」を解答欄に記入する際にはちょっとしたヒネリ・ひらめきが必要となります。さあ、あなたも謎解きに挑戦して、特別な記念グッズをゲットしよう！》という主旨文が、問題用紙には印刷されていた。

七瀬部長はなるべく早くイベントを実施したかったようで、十一月二十三日から二十六日までの四日間に試験的に実施することとなった。事前の告知が不充分だったためか謎解きメインで来園したという入場者は少なかったらしいが、それでも四日間の期間中の全入場者が一六〇九人だった中、二二三枚の記入済み解答用紙が、退場ゲートに設置されたボックスで回収されたということで、企画としては大成功だったらしい。

ティーポット型の券売所窓口の復活は見送られた。まさにそれこそが「最終的な答え」となる造形物なので、期間中は普段どおりの見た目を維持しておこうとの判断が下されたのである。

あとは裏話として、四日間のイベント中に、食堂の従業員が「ここってメニューに串盛りありますか？」という質問を数回受けたという話が伝えられた。森林鉄道が園内地図上の赤丸で十五番だったので、《どうりん》及びヒントの《15に注目》の部分から短絡して（29はどうした？）問題文の③の正解を《森林鉄道》に決め打ち、《くじゃく》《しろばい》《森林鉄道》で三×四のマス目を埋めた上で、太枠の《くし森》を《串盛り》と解釈した参加者が一人ならずいたとのこと。

二二三通の応募者のうち正解者は二十七名。用意していた記念品が三十個だったということで、今回は抽選なしで正解者全員に、孔雀のクーちゃんを模《も》した置物が配られることになった。

余った三つの置物のうち、ひとつは《倉津ファミリーパーク》の倉庫で永久保存扱いに、ひとつは七瀬部長の私物となって、最後のひとつが俺たちの事務所にも届けられた。

「しまった今回は駄洒落《だじゃれ》を忘れた」

「それにしても名前のセンス。孔雀のクーちゃんって」

古谷と俺はそれぞれ勝手に思いを馳《は》せながら、孔雀を模した高さ十センチほどの緑色のその置物に、しばし見入っていたのだった。

File 15
「告白のオスカー像」

1

倉津《くらつ》市の人口は約十二万人である。地方の小都市としてはそこそこの規模があり、全国的な少子化の流れに逆らって人口が微増中ということで、今後の経済発展も期待されている。繁華街の外れに立つ六階建ての雑居ビルの最上階で、謎解き専門を謳《うた》う《カラット探偵事務所》なる怪しげな店が、まがりなりにも九ヵ月間、営業を続けられているのも、その繁栄の証《あかし》だと言えるかもしれない。

まあ種を明かせば、所長の古谷謙三《ふるやけんぞう》が倉津市内では名の知れた名家の出身で、事務所が入っている《古谷第一ビル》も彼の実家の持ち物であり、家賃の支払いは元から不要の上、さらに一階から五階までのテナント料の一部が事務所の収入になる仕掛けもあるらしく、唯一の従業員である俺の給料も、それで何とか賄《まかな》えていると いうのが実状である。

だからといって——否定の否定になるが、事務所の収入がそれだけに限られているわけではない。ちゃんと《謎解き専門》を謳う探偵事務所への依頼もあって、本業のほうでもそれなりに収益を上げているのだから、世の中はわからない。事務所の開設から先月までの八ヵ月間で、俺たちが解決した事件は、全部で十四件にも及ぶのだ。中には依頼を受けないまま勝手に解決をしてしまって、料金をいただいてないものも含んでいるが、平均すれば月に二件弱の魅力的な謎が舞い込んでくるのだから、倉津市もまだまだ捨てたもんじゃない。そして――。

それだけの数の謎を解いてきた古谷も、まあ、改めて考えてみたら、なかなか凄《すご》い奴なのだ。

「井上《いのうえ》さん、いま雑談、大丈夫ですか？」

所長専用のデスクに着いて、いつものように読書で時間を潰《つぶ》していた古谷が、ちょうど一冊読み終わったのか、本を閉じて俺に聞いてきた。自分専用のデスクを与えられていない俺は、応接セットのソファに寝転んで、携帯電話を弄《いじ》っているところだったが、

「どうぞ」

素《そ》っ気《け》なくそう答えた。ケータイでの作業は続けたままだ。

「クリスマスもそろそろ近いですよね。そこで、クリスマスと言えば、どんなミステリを思い浮かべますか？」

本日は十二月二十二日、金曜日の午後二時過ぎといった頃合である。土日が休み

で月曜日がクリスマス当日。思えば二〇〇六年もあと残りわずかとなっていた。街は商店街も公園もカラフルな電飾で飾り立てられ、クリスマスソングが至るところで流されている。この時期、定番のクリスマスソングやクリスマス映画を話題にする人は多かれど、クリスマスミステリを話題にするのは俺たちぐらいだろう。

「何でかな——最初に岡嶋二人《おかじまふたり》の『クリスマス・イブ』が思い浮かんだ」

「おほっ、良いですねえ。他には？」

「逆に定番って言ったら何がある？　やっぱりクリスティとかかな？」

「まあ『ポアロのクリスマス』とかがありますけど、クリスマスといえばクリスティ、というのは、晩年の作品の刊行が年一作のペースになり、それがクリスマスシーズンに毎年合わせられていたから、クリスマスにはクリスティの新作を、という意味であって、別にクリスマスものをたくさん書いていたわけではないです」

「うん、まあ、知ってるけど」

ヒラの所員の俺が古谷所長に対してタメ口で話しているのは、俺たちが高校時代の同級生という間柄だからだ。一方の古谷は高校時代から今に至るまで、俺に対してだけでなく、誰に対しても丁寧語で話している。俺がどれだけ言って聞かせても直そうとはしない。そういうふうに育てられたから仕方がないのだと言う。

「クリスマスねえ。笠原卓《かさはらたく》の『仮面の祝祭2/3』も、たしかサンタの格好をしていてアリバイがどうのこうのって話だったから、クリスマスものだよね」

俺が思い付いたままそう言うと、

「笠原卓！　いや、いましたね。そうそう、創元推理文庫が国内作家を扱うようになって、最初は古典的名作ばかりを揃《そろ》えるのかなと思いきや、いきなり笠原卓の『詐欺師《さぎし》の饗宴《きょうえん》』――だったかな、たしかそんなタイトルの作品が入って、ああ、普通に他社の文庫と同様、まだ評価の定まっていない新作もこうやって文庫に入るんだと思ったことを、ついでに思い出しました。……その笠原卓を、まさか井上さんが読んでらしたとは」

「いや、だってそこの本棚にあったから」

事務所に入るとすぐ右に応接セット、奥の窓を背にして所長のデスクがあり、その右手にバーカウンター、そして左の壁一面が本棚になっていて、古谷が未読の本なのかお気に入りの本なのか、とにかく四六判から新書判、文庫判までごっそりと――床から六〇センチほどまでの部分は書類戸棚になっていて、そこから上が本棚という造りなので、その分を差し引いたとしても――二千冊ほど収蔵されているのではないか。

月に二件弱の依頼を受けていても、長くて数日、早ければ即日で解決してしまうのが俺たちの常であり、俺も古谷もほとんどの場合、事務所に来ても、ただ時間を潰して帰るだけという日々を送っていることは、わかってもらえるだろう。

古谷はその暇潰しのために——あとは見栄《みば》えの問題もあると思うのだが——とにかく壁一面の本を、事務所の開設時にすでに用意していたのだ。今までにおそらく百冊をはるかに超える本を奴はここで読んだと思うのだが、それでも時間潰しの種は尽きない。ここの本棚とは別に、家には書庫があり、蔵書はここの数倍あるというから、その無尽蔵《むじんぞう》ぶりは驚異に値する。

一方の俺は携帯電話を使って（パソコンの持ち込みは事務所の内装のレトロな雰囲気と合わないからという理由で禁止されているので）、今まで俺たちが関わった事件の経緯を、小説仕立てにして記録するという作業を、一種の暇潰しとして、ここ半年ほど続けていた。ちなみにそのことは、あえて古谷には言ってない。その作業に倦《う》んだ時などに、俺も自由にここの本棚の本は読んでいいと古谷から言われていたので、けっこう——今までに五、六十冊ほどは読んだだろうか。笠原卓の『仮面の祝祭2/3』もたまたまその中に入っていたのだ。

「あ、そういえば、キャロル・オコンネルの『クリスマスに少女は還る』があった」

　ようやく自分の守備範囲から作品名を挙げることができて、ホッとした気分になった。俺はミステリ好きとは言っても、特にハードボイルドや犯罪小説に読書傾向が偏《かたよ》っている。キャロル・オコンネルはその中でも最近のお気に入りで、マロリー・シリーズも含め、俺は翻訳されたものは全部読んでいた。

　古谷はそこで悲しげな表情をして、

「あっ、それは読んでないかもしれません」

「マジか？　あの大傑作を？　持ってる？　持ってない？　じゃあ今度持ってくる」

　古谷が読んでいて俺が読んでない本のほうが圧倒的に多いので、こうして逆のパターンが判明すると、俺はつい得意げになってしまう。特にその作品が俺にとって、オールタイムベスト級の傑作だった場合には。

「月曜日に持ってきていただけると、クリスマスプレゼントになりますね」

　古谷が嬉しそうに言うので、いちおう釘を刺しておいた。

「プレゼントはしないよ。貸すだけだから」

「わかってますって。私はじゃあ、代わりにどの本をオススメしましょうか」

古谷が笑顔でそんなことを言い出したので、俺は思わず声を荒らげて、

「待て待て。お前の持ってる本のどれかを読めるってのが、クリスマスプレゼントになるか？　特別感がまったく無いんだけど」

古谷は構わず、

「井上さんは、都筑道夫《つづきみちお》の物部太郎《もののべたろう》シリーズは読んでないと仰《おつしや》ってましたよね。読んでないけど興味はあると」

「いや、設定がね。金持ちのボンボンが仕事をしたくないから探偵事務所を開いたっていう設定を聞いて、どこかの誰かさんみたいだなと思って。……いいよ、別に貸してくれなくても」

実は数日前、倉津市に初雪が積もった日に、やはり暇だったので、俺と古谷は《雪上の足跡トリック》といえばどんな作品が思い浮かぶか、というお題で雑談をしたのだった。そこで古谷が都筑道夫の『最長不倒距離』の名を挙げ、俺が読んでないと言うと、物部シリーズの概要を説明してくれたのである。

週に二度も同じようなことをしているのは、結局――。

「ああ、暇だなあ」

俺はそこで、禁断のひと言をつい口にしてしまった。

十二月に入ってまだ一件も依頼を受けていない。年末は犯罪件数が増えるという統計もある中で——まあウチの事務所に犯罪がらみの依頼が来ることは、そのへんの探偵小説とは違ってまず無いのだが、それでも年の瀬といえば、冬のボーナスも出るし、忘年会にクリスマスに、人々は浮かれ騒いで人恋しくなりくっついて離れて、謎解き専門の探偵に依頼したくなるような事件もおのずと増えるのではないかと、先月末にはそう期待していたのだが……。

年末の営業は二十八日までというから、明日明後日の土日を挟んで、今日を入れても営業日数はあと五日間。ひと月まるまるお茶っ挽《ぴ》きという、五月に記録して以来何とか避け続けてきた不名誉な記録を、今月また樹立してしまうのか——。

そんな危機的状況から事務所を救ってくれる電話が、まさにそのとき、掛かってきたのだった。

2

レトロなデザインの電話機が、所長のデスクの上で古めかしい呼び出し音を鳴らし始める。三度目のベルの途中で古谷が受話器を外した。

「はい。カラット探偵事務所です。はい。そうです……ええ、相談だけなら無料です。秘密は厳守しますので、とりあえずお話を伺わせていただくだけでも……あっはい、えーっと、市役所はわかりますよね――」

場所の説明をしてから古谷が電話を切った。俺が駐車場を空《あ》ける必要があるか訊《たず》ねようとすると、まだ何も言わない先から、

「あっ大丈夫です。原付で来るそうです」

この程度ならば以心伝心、九ヵ月という時間は伊達《だて》ではない。

電話でアポを取りながら結局現れなかった依頼人というのも、過去に何人かいたので、まだまだ油断はできなかった。しかし電話から二十分ほどが過ぎ、午後二時半になろうかというころ、エレベーターが六階で停止する音がして、直後に事務所の扉が開かれた。

「失礼しまーす。先ほど電話した、月村《つきむら》と申します」

姿を見せたのは二十歳そこそこの若い女性だった。身長は一六〇センチを少し超えている。目鼻立ちが整った美形だが表情は硬く、髪型は清潔感のあるショート。ダウンジャケットの下はカッターシャツにジーンズ、足元は赤のコンバース、そして荷物は右肩に負った黒のリュックサックがひとつ。

「ようこそ。先ほど応対した所長の古谷です。こちらが助手の井上。珈琲《コーヒー》と紅茶、どちらが良いですか？」

「では珈琲をお願いします」

古谷に促《うなが》されて応接セットのソファに腰を下ろした依頼人は、室内の様子を観察し始める。だがレトロな内装に目を奪われていたのは束《つか》の間《ま》で、まだ助手の俺がバーカウンターでお茶の用意をしている最中にもかかわらず、古谷に向かって相談を始めようとした。

「実は今日の今日なんですけど、大学の研究室で――大学というのは――」

「まあ、まあ、そう慌てずに。お話を伺うのは、お茶の用意が済んでからにしましょう」

古谷がそう言うと、月村と名乗った依頼人は素直に口を閉じたが、黙って待っているのが苦手らしく、リュックサックのファスナーを開けると、中からリボンのついた箱を取り出してテーブルの上に横倒しに置いた。縦横が七センチ、高さが二十センチほどのサイズで、緑と赤のクリスマス柄の包装紙は、一度開けたあと包み直した感じになっている。

ドリップした珈琲を三つのカップに注ぎ分け、応接セットのテーブルに並べた後、お盆を脇に置いて、俺も古谷の隣に座った。依頼人はおざなりにカップに口をつけると、ひとつ息を吸ってから話し始めた。

「改めて自己紹介をします。いけさん――池戸《いけど》産業大学の倉津キャンパスに通っている、大学生の――大学三年生の、月村泉《いずみ》と申します。大学の通常の講義は先週の十五日までで、今週は集中講義と、あと研究室が今日までで、明日からは全面的に冬休みに入るんです。それで今日は研究室のみんなで、大掃除をして、それが終わったら簡単なクリスマスパーティというか――うーん、パーティって言うほどでもなくて、みんなでケーキを食べてお茶を飲んで――原付で通学している生徒が多いので、私もそうなんですけど、だからお酒は最初から無しってことになってい て、そこで余興として、プレゼントの交換会っていうのをやったんです。毎年十二月の最後の日に大掃除をしてケーキを食べて、交換会をするのが、片岡《かたおか》教授の研究室の決まり事みたいになってるそうで、私は今年三年生になって学部生になって、倉津キャンパスに来て初めての冬ですから、もちろん初めて参加したんですけど、研究室には今年四年生の先輩も三人いて、その人たちは二回目ってことになるんですけど――ああ、そんなことはどうでもいいんです。とにかく今日、クリスマスプレゼントの交換会っていうのが研究室で行われて――そうだ、教授からのメールをお見せしたほうが早いかも。ちょっと待っててください」

月村泉がふたたびリュックの中をごそごそし始めたところに、古谷が質問をする。

「その研究室というのは、片岡教授以下、月村さんを含めて、学生さんは何人いらっしゃいます？　今日のその、プレゼント交換会に参加された学生さんは」

「ええっと、六人です。教授自身はプレゼントの交換には参加せず、私を含め六人の学生が参加しました。四年生が三人と三年生が三人。……えー、待っててください」

リュックから取り出した二つ折り式の携帯電話を開き、右手の親指で素早くボタンを操作して、片岡教授から一週間前に届いたというメールを画面上に呼び出すと、それを古谷の前に差し出した。

「ええっと、他のメールを見たりはしないでほしいんですけど」

古谷が携帯電話の操作を苦手としているのを知っている俺が、奴に代わって月村泉の電話を受け取った。画面には偏光《へんこう》フィルムが貼られていて、二人で見るには都合が悪かったので、

「声に出して読み上げてもよろしいでしょうか？」

泉に断ってから、俺がメールの文面を読み上げて古谷に聞かせる形にした。かなりの長文であった。

「十二月二十二日のプレゼント交換会について。初めて参加される方もいるので、間違いのないよう、必要以上に細かく説明することをご了承ください。

まずは当日のスケジュールの再確認です。午前十時前後に研究室に集合。大掃除は正午頃には終了。みんなでケーキを食べ美味《お い》しいコーヒーを飲んで、落ち着いたところで、余興としてクリスマスプレゼントの交換会をして、午後一時前ぐらいに、各自プレゼントを受け取って、三々五々《さんさんごご》、バラバラに帰っていただきます。

プレゼントに関して。金額的には常識の範囲内で。常識は各自に任せます。受け取った人間に喜ばれるであろう実用品でも良し、あるいはネタに走っても良し。今年は男性五人女性一人の参加なので、そこも各自で考えていただきたい。

当日は直接研究室には向かわず、最初に三階の片岡の私室を訪れて、私にプレゼントを預けてください。代わりに番号を書いた札をお渡しします。その札は終始他の五人には見せないようにしてください。プレゼント自体も登校時などに片岡研究室の他の五人に見られないように注意して、私の私室まで運んでください。誰がどういう紙袋に入れて持ってきたかとか、どういう包装で、どれぐらいのサイズのものだったか等を、他の五人には知られないようにしてください。

三階の私室で六人がそれぞれ持ってきた六つのプレゼントを私が保管します。各プレゼントにはその場で番号が付与《ふよ》されます。同時に同じ番号の書かれた札を、そのプレゼントを持ち込んだ学生に渡します。その状態でプレゼントの交換会を行います。厳密に言うと、プレゼントの交換ではなく、番号札の交換会になります。上面に穴の開いた箱に、全員が三階で渡された番号札を入れます。その際にも、自分の番号を見られないように注意してください。また自分が持っていた札の番号は絶対に忘れないようにしてください。その箱から一人ずつ番号札を引きます。くどいようですがその際にも番号を他の人に見られないように注意してください。自分が入れた札を自分で引いてしまった場合には、その札を箱に戻して別の札を引き直すことができます（これをチェンジと言います）。最後の一人が自分の番号札を引いたらチェンジのしようがないので、最初からやり直し。そうでなければ全員が自分とは違う番号札を引いたことになり、番号札の交換会は無事終了となります。

さらに重要なルール。箱から番号札を引く際に、自分の番号を自分で引いてしまったらチェンジするのは当然ですが、そうでない場合でもチェンジすることはできますし、それは決して無駄《むだ》な行為ではありません。数字を確認して、自分の札ではなかったとしても、いやこの数字じゃない、もっと自分にとって良い数字が箱の中にあるはずだという、直感のようなものを感じた場合に、チェンジをしていただければ、余計な後悔を残さずに年末年始が迎えられます。というのは別としても、自分の札を引いてしまった人だけがチェンジをするとしたら、たとえば三番目の人がチェンジをしたとき、一番目二番目にすでに札を引いた人が、それを見てどう思うかを考えてみます。三番の人は自分の札を引いてしまったんだ。ということは俺が引いた札は、もちろん俺自身が持ち込んだプレゼントの番号札ではないが、そればかりでなく、三番目の人の札でもないんだ。そういう形で、自分の札を自分で引いてしまった場合に限ってチェンジを許可すると、他の参加者に、自分が誰の札を引いたか（逆に誰の札を引かなかったか）を推測する手掛かりを与えてしまいます。自分で自分の札を引いた場合に限らず、自由に札のチェンジができるというルールを設けておけば、そういった推測を無効化することができます。なのでこのルールを参加者全員に事前に伝えておくことは重要なのです。

かといって最後から二番目の人が札のチェンジをすることは推奨《すいしょう》されません。箱の中に二枚しか札が残っていない状態で、一枚を引き、番号を確認した上でその札を戻してもう一枚のほうの札を引く。すると最後の一人が何番の札を引くかが、最後から二番目の人には筒抜《つつぬ》けになってしまいます。最後から二番目の人が最初に引いた札が自分の番号だった場合には、チェンジしなければなりませんが、チェンジをしたとしても、最後から二番目の人には、自分のプレゼントの行先が丸わかりになってしまいます。また、最後から二番目の人が最初に引いたのが自分の番号札ではなかったにもかかわらずチェンジした場合を考えても、最後の一人が何番を引いたかが、最後から二番目の人にわかっている状態なので、最後の一人がその番号を引いた上で交換会のやり直しを求めた場合は、最後から二番目の人には最後の人の持ち込んだプレゼント番号がバレてしまいますし、最後の一人がやり直しを求めなかった場合でも、その番号のプレゼントを最後の人が持ち込まなかったということが、最後から二番目の人にはわかってしまいます。

参加者はできうる限り、自分以外の誰が何番のプレゼントを持ち込んだかという情報を知るべきではなく、また自分以外の誰が何番の札を引いたかも知るべきではない。

なので最後から二番目の人はチェンジすべきではないのです。チェンジが必要な場合は、交換会を最初からやり直すしかありません。

それをさらに敷衍《ふえん》すると、最後から三番目の人が一度引いた札を箱に戻し、違う札を引き直してまた箱に戻し、最後に残った札を引き直すなどの行為をした場合でも、箱に戻した二つの数字のどちらかを最後から二番目の人が引き、どちらかを最後の一人が引くことがその時点で明らかになってしまうので、最後から三番目の人がチェンジを二回することは避けるべきです。最後から三番目の人が重要なルールを考慮して、自分の札を引かなかったにもかかわらずチェンジをした結果、今度は自分の札を引いてしまったので二度目のチェンジをして、という場合が考えられますが、この場合にも、全部最初からやり直すべきなのです。

番号札の交換会が無事に終わったら、私は三階の私室に移動するので、学生諸君は時間をおいて一人ずつ、研究室を出て三階まで来てください。交換会で引いた番号札を私に渡してくれれば、私が対応するプレゼントを渡します。それを持って、他の五人には紙袋や包装紙なども見られないように注意して、一人で家まで帰ってください。

プレゼントは誰が用意したものか、わからないようになっている必要があります。クリスマスカードを添えるなどの遊び心はあってもいいと思いますが、当然ながら、そこに贈り主の名前を書いてはいけません。

自分の手元に来たプレゼントの贈り主が誰なのか、必要以上に詮索《せんさく》することも避けてください。自分が用意したプレゼントと比べて明らかに安価だったり、ふざけた内容のものだったりして、中身を確認したときに不愉快になったとしても、自分の運が悪かったと思って諦めてください。逆にプレゼントを用意する際に、ネタに走ったものを選ぶのは構いませんが、人を不愉快にするレベルのものは、なるべく避けるようにしてください。

普段使いできるような実用品を貰《もら》った人が、それを研究室で使ってしまうと、贈り主には自分のプレゼントが誰に届いたかがわかってしまいますが、さすがにそれは避けようがありません。贈り主から見て受け取り手が誰かわかってしまう場合があるのは仕方のないことです。ただし贈り主がその相手に対して『それを贈ったのは自分だ』と伝えるのは違反とします。受け取り手から見て贈り主は最後まで不明のままであるべきです。それが片岡研究室のプレゼント交換会のルールです。参加者にはそのルールを守っていただけるよう、徹頭徹尾《てっとうてつび》、配慮を願います」

3

メール文の読み上げが終わったので、ひとまず携帯電話を月村泉に返却した。

「とてもくどい文章だと思いませんでした？　でもそれが片岡教授なんです」

古谷は「いえいえ」と首を振って、

「文章もそうですが、とても細かいところまで考えられていて感心しました。というか、番号札の交換会は例年行われているようなので、その経験がフィードバックされているのでしょうけれども。……そして今日、予定どおりに大掃除が行われ、プレゼントの交換会も行われたと？」

「あっはい。それで私が引いたプレゼントが、これだった、というわけです」

月村泉はそう言うと、テーブルに前もって出しておいたプレゼントの包装紙を剝《は》がし、出てきた白い箱の蓋を開けて、中身を俺たちに見せた。さっそく古谷が反応する。

「オスカー……のようですね」

「やっぱり――ですよね？　アカデミー賞の」

依頼人はそう言って顔を輝かすと、箱を古谷の前に差し出した。携帯電話とは違ってこれなら奴にも扱える。相手の了解を得て、古谷が箱の中からそれを取り出した。

高さ五センチほどの台座は円筒形で色は黒く、素材は木製だろうか。プレート部分には英語で何やら文字が書かれている。その上に、全身が黄金色に輝く人物の立像が、十五センチほどの高さで立っている。古谷が持っているのを見る限り、ずっしりとした重量がありそうだ。

するとと古谷がそれを隣に座る俺へと手渡してきた。俺は依頼人に目で了解を得た上で像を受け取った。ほどよい重さがある。台座部分のプレートにはよく見ると《WORLD'S GREATEST SUPERSTAR》と書かれていた。像の部分はおそらく錫《すず》などの金属製で、表面に金メッキが施されているのだろう。人物像は全体的につるんとしていて凹凸が少なく、人間の裸像というよりは、ウルトラマンのような（あるいはペプシマンのような）造形をしていた。両脚と背筋をぴんと伸ばして立ち、肘を左右に張った両手は、胸の前で組み合わされている。

「やっぱり男性の像ですよね。オスかぁ、だけに」

古谷が俺の耳元でそう囁《ささや》いたので、俺は衝動《しょうどう》に駆《か》られ、いちばん細い両脚の部分を右手で握った。重さは鈍器としてちょうど良さそうだが、長さがあと十センチほど欲しいところか。

「それって……本物ですか？」

俺たちが像を手元で確認し終えたのを見計らって、月村泉がそう問い掛けてき

た。古谷はビックリした様子で、

「本物って――どういう意味ですか？」

「だから本当に、アカデミー賞の授賞式で、誰かに贈られたものかどうか――」

「それは無いです。そういった意味での本物では、もちろんありません」

古谷は遠慮なく即答した。依頼人は「あ、ですよね」と言って微笑《ほほえ》んだ後、

「じゃあその金色の部分は――その黄金は、本物でしょうか？」

真剣に聞いてくる。最初事務所に姿を見せたとき、俺は彼女に対して、知的でクールな女性という第一印象を持ったのだが――ここでその印象がやや修正された。

「残念ながら、それは純金製ではありません。あとオスカー像はたしかこんなに両肘を張ってなかったですし、だからオスカー像の正式なレプリカでもなく、そう、ただの男性の立像に、金メッキが施されたものです」

古谷の鑑定結果を聞いて、月村泉はやや残念そうな表情を見せたものの、すぐに気を取り直した様子で、

「ですよねー。でもまずはその点を確認したくて――」

そこでテーブルの上に置いていた携帯電話を取り上げると、何やら操作をした後、

「そうそう、この記事。写メを撮っておいたんです。先生方が兎《うさぎ》の純金像を見つけたという話のときの。これってウチの大学の生徒が依頼したんですよね？」

そう言って古谷に向けて差し出された画面には――俺の位置からは偏光フィルムのせいで何も見えないのだが、おそらく北島《きたじま》が書いた、あの新聞記事が映し出されているのだろう。

「身近にこういう純金製の像を手にした人物がいるんだって思ったら、この像ももしかして純金製かもって思えてきて、だったらこの事務所に相談しようかなって思って、それでこの記事に書かれていた番号に電話したんです。でもそれは違ってて――」

「ま、普通のトロフィーですね。ただプラスチック製の安物とかに比べれば、いちおう五千円とかそのくらいはすると思いますけど」

俺も古谷も《兎の暗号》事件では、発見された兎の黄金像を手に持つという経験をしている（古谷はそれ以外でも純金の塊《かたまり》を――インゴットなどを持った経験があるかもしれないが）。本物の重さを知っているのだ。もしこの像が純金の塊だとしたら、こんなふうに片手で楽に持つことなど絶対にできない。本物はそれほど重いのだ。

「それならそれでいいんです。いえむしろ、値段がその程度のものだとわかって、かえって気が楽になりました。その上でご相談したいことというのがあって、むしろそっちが本題なのですが……」

月村泉が受け取ろうとしなかったため、メッキの男性像は結局、俺の珈琲カップのすぐ横に立てられることとなった。泉は中身を取り出された後の空箱のほうを、テーブルから取り上げた。見ると箱は実際には空でなく、メッセージカードと思《おぼ》しきものが中に入っているのが見えた。泉はそれを取り出すと、今度は俺のほうに手渡してきた。先ほどメールを読み上げたのが俺だったので、文字を読むのは俺の役目とでも思っているのだろう。

「プレゼントの中にはその像と一緒に、このメッセージも入っていました。どうぞご確認ください」

手渡されたカードの表面には《Merry X'mas》の文字が印刷されていた。そう、それは二つ折りにされたクリスマスカードだったのだ。開けると縦十五センチ横十センチほどのサイズになる。今回は文面を読み上げる必要性がなかったため、普通に古谷と頭を並べて内容を確認した。プリンタで印刷されたと思しき活字が、そこには並んでいた。

月村泉様
もしあなたの手元にこのプレゼントが届いていたら
クリスマスの奇跡と言えるのではないでしょうか
あなたは僕の人生の主演女優賞にふさわしい方です
この奇跡にあやかってぜひ僕と付き合ってください
同じ研究室にいる僕を必ず見つけ出してください

もし違う誰かがこの文面を読んでいるのだとしたら
奇跡は起こらなかったということになります
男の情けで僕が誰なのかは穿鑿しないでください

「なるほど。プレゼント交換会の参加者は六人で、自分以外の五人の、誰に届くかわからない。月村さんに届く確率は、普通に考えたら五分の一。それが今回は見事に届いた。ところが交換会のルール上――あと月村さん以外の誰かの手に渡ったときの保険という形にもなるのでしょうけれども、ここには贈り主の名前が書かれていない。それが問題というわけですね？」

古谷が問題点を整理し、そんなふうに依頼内容の確認をすると、

「そうです。このプレゼントの贈り主が誰なのか。それを古谷さんには突き止めていただきたいのです」

そう言われても、まだ容疑者の候補は誰一人、紹介されていない。

「たとえば――その五人の中に、映画鑑賞が趣味だという人はおられますか？」

古谷がまずはそんなふうに探りを入れてみると、

「片岡教授は、情報学部・情報デザイン科の先生で、映像制作コースの学生を指導しています。だから私も含めて研究室の学生は六人とも、映画やら何やらが好きですし、ただの趣味とかではなく、将来は映像関係の仕事に就きたいと思って日々勉強しています。だから映画好きという条件だけでは何も特定できません」

なるほど。そういう環境にいる学生同士だったら、《僕の人生の主演女優賞に》と言ってオスカー像（に似た何か）をプレゼントするというのも、そこまでセンスの悪い行為というわけでもないのかもしれない。

「では贈り主を特定するために、候補となる五人それぞれの、人となりを、月村さんの口から説明していただきましょうか。それが無いと、私たちとしても、贈り主

を突き止めようがないので。お願いします」

4

俺は依頼人に頼んで、先ほどの、片岡教授から二週間前に届いたという長文メールを転送してもらった上で、自分の携帯電話をICレコーダー代わりに使って今からの話を録音することと、同時に筆記形式でもメモを取らせてもらうことの了解を得た。準備が整ったことを確認した上で、月村泉が説明を始める。

「四年生から説明します。あいうえお順で。最初は朝日《あさひ》さん。朝日さんは——高校のときは体操部だったそうで、今では筋肉がめっきり落ちたとよく言ってられますが、それでもがっしりとした体つきで、身長は一七〇センチあるかないか。顔はSMAPの香取慎吾《かとりしんご》にちょっと似ています。わりと何でも気の付く性格で、三年生の私たちにも気さくに声を掛けてくれます。あえて欠点を言いますと、映画の趣味が悪いというか——あくまでも私の主観なんですけど、朝日さんは、ゾンビ映画が大好きなんです。私はそういう——あの、内臓が飛び出すのとか、そういうのが苦手なので。……えーっと、こんな感じでいいですか？」

「まあ、そうですね。外見描写が多いような気もしますが、そのほうが映像的にイメージしやすいですしね」

「じゃあ続けます。二人目は親部《おやべ》さん。親部さんは――髪を伸ばしていて後ろで縛《しば》っています。丸眼鏡《まるめがね》を掛けていて口髭《くちひげ》を生やしていて、身長は一七〇センチほどで体型は華奢《きゃしゃ》というか、ほっそりしています。卒業制作では一人だけフィクションに挑戦していて、二十分ほどのSF作品になるはずなのですが――私も研究室で唯一の女性ですので、ヒロイン役を仰《おお》せつかっています。その卒業制作、脚本はちゃんとしているのですが、大道具小道具に回すお金がないので、出演者は普段着のまま、撮影もキャンパス内で背景もそのまま。最終的にCGで全部描き替えればいい、ただし普通の大学生にそこまで求めるのは酷《こく》だろうということで、教授にはCGのない状態で審査してもらうことになっています」

「他の四年生二人は、じゃあノンフィクションの映像作品を卒業に向けて制作しているのですね？」

「はいそうです。三人目は上市《かみいち》さん。上市さんが撮っているのは、十分ほどの長さの大学案内の映像です。基本中の基本というべき題材だからこそ、合格点を貰うのが難しいといつも嘆《なげ》いています。性格はおとなしいほうで、外見はヒュー・ジャックマンに似てます。あと藤原竜也《ふじわらたつや》にもちょっと。で、その二人――ヒュー・ジャックマンと藤原竜也って、似てますよね？」

「どうです、井上さん？」

古谷が俺に話を振ってくる。藤原竜也はさすがにわかると思うのだが、ヒュー・ジャックマンの顔がわからないのだろう。

「そう言われれば、あのちょっと遠い目をしているような顔が、似ているかもしれませんね」

俺は相手に迎合《げいごう》するのではなく、思ったことをそのまま口にした。泉の言わんとすることがわかったような気がしたのだ。泉は「そうそう、そこそこ」と嬉しそうに反応したあと、

「えーっと、あとは三年生が二人です。あれ、全部あいうえお順になってるのかな？　四年生が朝日、親部、上市の三人で、三年生が私も入れて、月村、湊《みなと》、大和《やまと》の順だから、やっぱり四年生、三年生の順に、あいうえお順になってるぅ。……ってのはおいといて。

湊くんは普通の人です。外見も含めてザ・普通。性格は――研究室の中でいちばん社交的かな。面倒なことを――たとえば幹事役を自然とやってくれるタイプって

言ったらいいのか。朝日さんは親切で優しいけど、率先して幹事役はやらない。でも湊くんはそういうことを自然とやってくれます。

大和くんは単純に映画オタク。研究室の中でいちばん映画を見ていると思います。教授を除いてですけど。片岡教授のほうが見ている映画の本数が明らかに多いんで、大和くんは片岡教授にべったり。自分が見てない映画について、とにかく質問攻めにしています。教授だけじゃなく、誰に対しても同じスタンスで、私がたまたま大和くんの見てない映画を見ていたことがわかったときも、教授に対するのとまったく同じように、どうだった、どこが良かったって、質問攻めされましたから。外見は小太りで服のセンスは無いに等しい。なのに顔はめっちゃイケメン。太ってるから輪郭《りんかく》がおかしくなってるけど、目鼻立ちはすごく整ってるんです。なのに太ってて服のセンスが皆無《かいむ》って。勿体《もったい》ないにもほどがある」

これで登場人物が出揃った。筋肉質で親切な朝日、長髪SF監督の親部、ウルヴァリンの上市、ザ・普通で幹事タイプの湊、イケメン台無しのデブ大和。

「今日の交換会の話をしますね。私が研究室に着いたときには、朝日さん親部さん湊くん大和くんの四人はもう来てました。私は午前十時の集合に少し遅れてたんですけど。研究室に行く前に、指示どおり三階の片岡教授の私室に伺ったんですけど、そこで貰った番号札は1番でした。ボール紙をざっくり五センチ四方に――もうちょっと小さかったかな？　四センチ四方ぐらいに切った紙に、マジックで『1』と書かれていました。五番目に来て1番の番号札だったので、渡す番号も到着順ではなくランダムにしてあったのだと思います」

「まあ、あのメールの指示を出すほどの人だから、そうするのが当然でしょうね」

古谷の感想に「はい」とひとつ頷《うなず》くと、

「私からさらに五分ほど遅れて上市さんが来て、同時に片岡教授も現れて、大掃除、それからケーキとお茶がふるまわれて、昼の十二時半過ぎぐらいに、番号札の交換会が始まりました。私が引いたのは4番の札でした。あとは五分間隔ぐらいで六人が順次帰って行くことになったので――順番は、上市さんが最初で――上市さんはだいたい遅刻するし、最初に帰るんです。次が私で――だからその後の順番とかはわかりません。三階の部屋に行って教授に4番の番号札を渡したら、これを渡されました」

「紙袋とかには入ってなくて？」

「教授から『紙袋とかは要りますか』と聞かれたんですけど、これならリュックに入るので、荷物を増やすのも邪魔になるんで『要りません』と言いました。もし紙袋が欲しいと言っていたとしても、そのときに渡されたのが、4番のプレゼントを持ち込んだ人が入れて来た紙袋だったのか、教授の私室で余っていた紙袋だったかは、判断がつかなかったと思います。4番の人も私と同様、普段使っているバッグとかにプレゼントが入るので、紙袋等は用意して来なかったかもしれませんが、教授から紙袋なしの状態で渡されたからといって、そうとは断言できない。断言できれば、たとえば大和くんがいつも使っている鞄《かばん》はいつもパンパンで、この箱はたぶん入らなかっただろうから、持ってくるときに紙袋が必要だったはずですけど。そういうところからの推理は今回できないと思ってください」

トロフィーの話をしていたときは、ちょっとアホの子かなとも思ったのに、どうしてどうして、ここに来て古谷の質問の意図をここまで察して答えられるとは。月村泉に対する《知的でクールな女性》というイメージが、俺の中で再び優勢を占めた。

「では伺いますが、月村さんの中で、五人それぞれの評価はどうですか？　このプレゼントの内容――あなたに告白をしているわけですから、普段からそういう、言動の端々に、好意が感じられるとか、そういった形で、この人が怪しいとか、逆にこの人は無さそうだとか、そういった予想というのは、立てられると思うのですが」

告白された本人の採点表によって、犯人候補を絞るというのは、まあ今回の場合は常道《じょうどう》になるだろう。

「まず朝日さんは無いと思います。というのも、朝日さんにはお付き合いしている彼女がいます。研究室の仲間にも公言しています。だから私にこういうものを贈ってくるはずがないと、これは断言できます」

「すると残り四人になりますが」

「あとの四人は――親部さんは私にヒロイン役を頼んできたときから、何となく好意のようなものは感じてましたし、実際にカメラの前で女優のようなことをやらせてもらっているので、その文面と一番合致しています。上市さんは今のところ距離はありますが、それだけにかえってこういう大胆な手に打って出る可能性はあると思います。タイプ的にはいちばん怪しいかも。湊くんと大和くんは学年が一緒なだけに、研究室以外でも同じ授業を取っていたりして、話す機会も多いですし、それなりに好意は持たれていると思います。恋愛に発展するかどうかはともかく」

「ちなみに――これは答えていただかなくても結構なのですが――というかなぜ聞くのか自分でもよくわからないのですが、聞いてしまいます。現段階で、贈り主が誰だったら嬉しいとかというのは、ありますか？」

すると月村泉は即答した。

「はい。できれば、大和くんだったらいいなって思っています」

5

マジか！　勿体ないイケメンデブ。映画オタクで服装のセンス皆無の奴。

ただ、何となく、泉の今までの話を聞いているうちに、俺もそうじゃないかという気がしていたのだった。

「だったら、もし私たちが突き止めた相手が、大和くん以外の人物だったら――？」

「お断りします。……いや、事を荒立てないように、そのままにしておくほうがいいのかな」

泉は呟《つぶや》くようにそう言うと、しばらく考えている様子を見せていたが、

「まあ、相手によるか。実際のところ、大和くんが贈り主である可能性は、四人の中ではいちばん薄いと私は思っているのですが、ただ他の三人だったら、運任せじ

ゃなくて、もっと確実に、このプレゼントが私の手元に届くように、何か策を練ったりするんじゃないかって気がしてるんです。この無策っぷりはそういった意味で――まあ消去法でってことになりますけど、もしかしたら、大和くんの可能性もあるかなって思ってて」

「そこなんですよ。もし自分がこういう文面で告白文を書いたとして、本当に確率二十パーセントの可能性に賭《か》けるだろうかって考えると、そうじゃなくて、文面の上では《届いたら奇跡だ》とかって書いておいて、実際にはかなりの高確率で――できれば百パーセントの確率で、届くようなトリックを仕掛けられたときに、こういう手段に打って出ると思うんですよ。だから私は先ほどから、そういうトリックの可能性を考えていたのですが――」

古谷がそう言って、自分の得意とするフィールドに話を持って行こうとする。

俺はそこでひとつ思い付いたことがあったので、口を出してみた。

「これ、もし他の男子学生が受け取ってしまった場合に、どうするかって考えてみると――この像が欲しいか要らないかは別として、このカードの文面を読んでしまったときに、世の男子がどうするか。告白文が俺のところに届いてしまった。贈り主の想う相手には届いていない。それをそのまま自分が握り潰してしまっていいだろうか。贈り主に伝えてあげようにも、それが誰かがわからない。ただし届けたかった先はわかっている。じゃあ自分が代理で届けてあげるしかないか……。そんなふうに義俠心《ぎきょうしん》を起こして、この像と一緒に渡すかどうかはともかく、少なくともこのカードは、月村さんに届けようとするんじゃないか。だから二十パーセントの賭けに負けた場合でも、この告白文は月村さんの手元に、かなりの確率で届くということは、言えるんじゃないかと思います。今回はたまたま賭けに勝って最良の形で月村さんの手元に届いたけど、賭けに負けた形で届いたとしても、それはそれで笑えるというか、そのダメっぷりが愛《いと》おしい、みたいな気持ちになったりする効果はあったんじゃないかって思って」

「なるほど。一発で届けばその奇跡を売りにできるし、失敗しても告白文自体は相手に届いて、その場合は賭けに負けた自分のことを相手が慰めたいと思ってくれるはずで、それがプラスになる。そういう計算があって、無策で勝負に出た可能性も、もちろんあるでしょう。でも今はもっと確実に、月村さんにこのプレゼントを引かせる方法を考えてみたいんですよ。そう、たとえば——片岡教授が犯人という可能性は？」

「先生は既婚者です。それ以前に、私に対しては、教え子に対する以上の好意は持ってないと思います」

泉の口調は力強く迷いのないものだった。実際その可能性は彼女から見て皆無なのだろう。

「そうですか。もし教授が犯人だとしたら、月村さんが何番の札を持って来ようと、自分が用意した七番目のプレゼント――これですね、これをお渡しする。4番のプレゼントは自分がいただいて帳尻《ちょうじり》を合わせる。そんなふうにして、実は七つのプレゼントを七人で交換していたのでした、というのが真相だとしたら、このプレゼントを百パーセント、月村さんに渡せると思ったのですが」

古谷の説はすでに依頼人によって否定されているが、俺はさらに矛盾点を指摘した。

「渡したあとはどうなる？　告白だけして精神的にスッキリするのが目的ならまた別だろうが、実際に付き合いたいと思っているのなら、月村さんが贈り主を突き止めなければならないのに、教授の存在は盲点《もうてん》に入っているだろうから、月村さんには突き止めようがない。男子学生五人に聞いて回って――その時点で教授自身が決めたルールに違反しているけど、とにかく聞いて回った結果、全員が首を振ったとしても、じゃあ五人以外にいるという考えには至らずに、五人の中の誰かが嘘をついていると思って、どうしても教授には辿《たど》り着けない。教授が月村さんと付き合うためにはまた別途、教授から月村さんにメッセージを送らなければならないとしたら。それでは今回告白した意味がない」

それ以外に、教授のメールでは『詮索』という漢字が使われていて、クリスマスカードでは『穿鑿《せんさく》』という漢字が使われていたというのも、教授犯人説を否定する材料になり得ると俺は思ったのだが――古谷は教授のメール本文を見ていない。俺が朗読するのをただ聞いていただけなのだ。だからこの手掛かりには気づきようもなく、俺もだからここで指摘する必要もないだろうと思って、その件は結局スルーした。

「まあ、そうですね。だから教授の単独犯という可能性は無しとします。ただ教授が協力者だった場合でも、ほぼ同じ形での犯行は可能です――」

古谷はさらに推理を続けていた。月村さんにこのプレゼントを渡すことが、いつの間にか《犯行》呼ばわりされている。

「犯人は通常のプレゼントの他に――これを先ほどと同じく、第七のプレゼントとしましょう――これも教授の私室に持ち込みます。通常のプレゼントのほうには1から6までのどれかの番号が振られ、この第七のプレゼントには番号は振られません。札の交換会が終わって、月村さんが三階の部屋に行くと、教授は月村さんが何番の札を出そうとも、この第七のプレゼントを渡します。犯人は通常のプレゼントとこれと、二つのプレゼントを持ち込んでいますから、帳尻合わせのために、自分が引いた札と、月村さんが引いた札――今回であれば4番ですね、4番の札と対応したプレゼントと、二つを貰って帰ります。これならば、協力者が一人だけで、月村さんには必ずこのプレゼントが手渡されることになりますけど――」

「よっぽどのことがない限り、先生はそんな計画に協力しないと思います」

やはり月村泉は首を振った。あれだけ厳密にルールを定めて、年に一度の余興を可能な限り盛り上げようとしている主催者が、そういった違反行為に軽々しく手を貸すとは、俺も思えなかった。古谷も自身の披露した推理に納得してない様子で、

「ですよね。うーん、だとすると、協力者が大勢いるパターン――男子学生五人が全員共犯というパターンになってしまうのですが。一人が主犯で他の四人が協力者。だとしたら、月村さんに目的の番号札を引かせることができます。今回で言えば4番のプレゼントを持ち込んだ人物が主犯です。登校時に三階でプレゼントを預けたときに初めて4番という数字を確認する。その直後から交換会の直前までの二時間半ほどの間に、前もって協力の約束を取り付けていた他の男子学生四人に対し

て、月村さんに引かせたい番号は4番だということを通知する。これは研究室に集合したときや大掃除の時間などを通して、全員に伝えることは難なくできるでしょう。あとは交換会で、主犯も含めたすべての男子学生が、4番を引いたらチェンジするだけです。常に4番は箱の中に残っていって、最後に月村さんが引くときには、4番が必ず一枚だけ残っている状態になる――」

「あの……私の順番は、最後じゃありませんでしたけど。四人目――最後から数えて三番目でした」

泉がそこで交換会の詳細な説明をした。番号札を引く順番は、上市、大和、朝日、月村泉、親部、湊の順で、当日たまたまその順番で着席したからそうなった、着席の際に誰かの誘導などは特に無かったと思う。順番はいま言ったとおりで、あとは大和が一度チェンジをしただけで、他の五人はチェンジをせず、最初からのやり直しも発生しないまま、その一巡だけで交換会は無事に終わったという。

泉から指摘を受けた古谷は「えっ、あ、そう……ですか」としばらく狼狽《うろた》えていたものの、

「あっでも、月村さんの順番が最後ではなくても、基本は変わらないんじゃないでしょうか。最初の三人は4番を引いたらチェンジをして、月村さんが引くときには

箱の中に必ず4番が残っている状態を作ります。四人目の月村さんが4番を引く確率は三分の一です。では4番を引かなかった場合にはどうなるか。五人目または六人目が4番を引きますが、その時点で最初からのやり直しを宣言するのです。四人目の月村さんが4番を引かなければ最初からのやり直しが何度も続きます。月村さんが4番を引けば終わります。それがたまたま今日は、一回目でうまく行ってしまったというだけで」

「私以外の五人全員が共犯なんて――そんなこと、どうすればできます？」

「それこそ先ほど井上さんも言われていた、男同士の義俠心という奴です。五人の中の誰か一人が――朝日さんは除いても良いとしたら四人の中の誰かがということになりますが――朝日さんも入れた他の四人に対して、自分は月村さんに対して一世一代の告白をしようと思う、力を貸してくれと言えば、そこそこの確率で協力してあげるのが男子って奴なんです。自分も月村さんが好きだから断る、とか、お前とは仲が悪いから断る、とか、まあ、うまく協力を取り付けられない場合もあるわけですが、月村さんの話を聞いている限りでは、研究室の男子五人はまあまあ仲良くやっているようなイメージがあったので、そういった場合に協力する可能性はそこそこあるだろうなというのが、私の印象としてありました。どうでしょう？」

月村泉はソファに背中を預けて腕を組んだまま、三十秒ほど黙考《もっこう》していた。古谷の言った可能性を考えていたのだろう。

「だとしたら――大和くん以外の誰かが仕組んだことだったとしたら、大和くんも、その人が私に奇跡的な告白をするという演出の手伝いをしたってことになりますよね？　それはちょっと私にとって、受け容れ難い話のような気がします」

「まあ、あくまでも、もし仮にトリックがあったとしたら、という前提で考えた上で、出てきた仮説のひとつに過ぎないわけですし。他のトリックもまだ検討の余地がありそうですし、そもそもトリックなど無く、本当に運を天に任せて行動した結果、たまたま月村さんがこれを引き当てたという可能性もありますし――」

「わかりました。じゃあもう、直接大和くんに聞いてみます」

泉は不意に何かを決心した様子で、携帯電話をテーブルから取り上げた。

6

呼び出し音が一回、二回……。

月村泉の携帯電話はスピーカーフォンに切り替えられ、テーブルの上に置かれている。

『はい。大和です』

「月村です。ごめんね、ちょっと聞きたいことがあったんだけど」

『はい。どうぞ』

「あのね、今日の昼間の、プレゼントの交換会のことなんだけど」

『はい』

「大和くん――誰かに何か、頼まれたりしなかった？　大和くんだけとは限らないけど」

『……』

「大和くん？」

『男同士の義理があるから、誰に頼まれたかは言えない』

「じゃあ何を頼まれたかだけでも教えて。4番を引いたらチェンジするようにって？」

『……うん』

「何のためにそうするかも聞かされてたんだよね？」

『……正直に言う。聞かされてた。だから僕はそれを阻止しようと思ったんだ。その人は運任せのふりをして、実際には確実にプレゼントが月村さんの手元に届くように画策《かくさく》していた。僕はそれを運任せで阻止しようとした。僕が4番を引いてしまえば、表面上は月村さんが引いたような感じで終わるだろうし、僕がそれをそのまま握り潰してしまえば、月村さんは何も知らないままだし、逆にその人はメッセージが月村さんに届いたはずなのに何の反応も無いってことで、自分は相手にされなかった、振られたんだと勘違いする。でも僕が引いたのは3番だった。五分の一の確率の奇跡は起きなかった。チェンジは一回までは許されるだろう。そう思って次に引いたのは5番だった。五分の二の奇跡さえも僕には起きなかった。でもまだ大丈夫。四人目の月村さんが4番を引かなければ、この巡目はやり直しになる。月村さんが4番を引く可能性は三分の一しかない。だからきっとやり直しになる。そうしたら次こそは二番目の僕が4番を引いてやる。そう思っていたのに、やり直しにはならなかった。結局、月村さんが4番を引いてしまったんだ。僕の執念よりあの人の執念のほうが上回ってしまったんだ。だから僕が今さら阻止するつもりだったなんて言っても言い訳にしかならない』

訥々《とつとつ》とした大和の語りは、俺や古谷の胸にも響くものがあった。月村泉の場合はその比ではない。誰かの画策した告白計画に、大和が表面的には協力するふりをして、実はひそかに抗《あらが》おうとしていたことがわかった瞬間、彼女の両目からいきなり、大粒の涙がぽろぽろと溢《あふ》れ出したのだった。

「大和くん。今回の件を画策したのが誰かは言わなくていい。むしろ私はいまその人に感謝してる。大和くんに自分から告白するきっかけを作ってくれたんだから。……お願いします。私と付き合ってください」

『……はい。僕なんかで良ければ、ぜひ』

というわけで、物語は急転直下のハッピーエンドを迎えたのだった。オスカー像による告白を画策したのが誰だったのか──朝日と大和が除外されるとなると、容疑者は三人にまで絞られたはずだが、最終的に突き止めることはできず終《じま》いだった。月村泉は我が事務所に来訪して事態の説明まではしたものの、結局のところ調査の依頼はしないまま、彼女の抱えていた問題は解決してしまったのである。

これでは事務所的に一銭の得にもならない。依頼人もその点は気にしてくれたのだが、古谷は鷹揚《おうよう》に、

「いえいえ。相談を受けただけで、実際の調査は何ら行っておりませんので、依頼料やそれに類《るい》するものを受け取ることはできません」

それでも泉は、自分のもとに訪れた思いがけない幸福のおすそ分けをしたかった

らしく、

「だったらこれを——受け取っていただけませんか？」

そう言って、我が事務所にオスカー像（に似た何か）を寄贈《きぞう》していったのである。

今はとりあえず、バーカウンターの背後の棚、滅多《めった》に手に取ることのない酒瓶《さかびん》の並んだ中に置かれているが、無駄にピカピカとよく光る金メッキの輝きは、どうしても見る人の目を惹《ひ》いてしまうようで、来客があるたびに聞かれるのである。

「あのトロフィーは何なんですか？」

すると古谷はこう答えるのだった。

「ある年のクリスマスの三日前に起きた、愛の奇跡の記念品です」

同じ年のクリスマス当日、古谷が『クリスマスに少女は還る』を読了して絶賛したこととあわせて、俺はこの年の瀬のことは、いつまでも忘れないであろう。

メリー・クリスマス。

File 16
「前妻が盗んだもの」

1

二〇〇六年の仕事納めの日。カラット探偵事務所では、所長以下全所員が参加のもと、翌年からの勤務形態の見直しについて、徹底討論が行われていた。

「朝晩の冷え込みが厳しくなってきましたが、井上《いのうえ》さんは朝、目はちゃんと醒《さ》めてるのに、なかなか布団から出られないということ、ありませんか？」

所長の古谷謙三《ふるやけんぞう》にそう訊《たず》ねられ、話の方向性を察した俺は、

「そんなの毎朝に決まってるじゃん」

あからさまなほどに迎合の姿勢を見せて答えた。ちなみにヒラの所員は俺一人で、労使あわせても二人きりの労働争議であった。俺が夕メ口なのは古谷とは高校時代の元同級生という間柄であり、今が二人きりだったからで、いちおう外部の人間（依頼人等）の前では所長に対する言葉遣いは変えるようにしている。一方の古谷が俺に対して丁寧語を使っているのは、親のしつけの問題で、要するに俺に対してだけでなくほぼすべての相手に対して、奴はこういう話し方をするのだった。

俺の返答がお気に召したようで、古谷所長はポンとひとつ手を叩《たた》くと、

「そこでです。来年からはですね、出勤時間を思い切って遅らせようと思うんですよ」

現在の出退勤時刻は午前九時および午後六時と決められている。就労九時間のうち一時間が昼食休憩に充《あ》てられていて、計算上の勤務時間は八時間。平日五日間の出勤で週四十時間の労働は、労基法の基準を満たしている。

出勤が一時間遅くなると仮定して考えると、たしかに朝の身支度《みじたく》は、今よりもよっぽど余裕に満ちたものになるだろう。一時間のうち四十分を朝の惰眠《だみん》に割り当て、残りの二十分は入浴時間に加算しようか。シャワーではなく湯船に浸かるようになれば、寝起きの段階で身体《からだ》をいったん芯《しん》から温められる。ここ最近、車のフロントガラスに毎朝びっしりと貼り付いて削《そ》ぎ落とすのに苦労している霜《しも》も、出勤が一時間遅ければ自然と溶けているだろう。朝に関しては良いこと尽くめだった。

ただし出勤が一時間遅くなるということは、退勤も一時間ずれるということでもある。午前十時出勤になれば退勤時刻は午後七時になる。だとすると夕食の時間はどうなるのだろう。

新聞社に就職してからは不規則になったが、幼少時から学生時代まで、夕食は午後六時台に摂《と》るものだという固定観念が俺の中にはあったし、カラット探偵事務所に転職してからは、午後六時台の夕食の習慣が復活していた。世間的にもそうだろう。六時半より前か後かは各家庭ごとに違いはあるだろうが、とにかく午後六時台に食事を終えてから、夜七時以降のプライムタイムの番組をくつろいだ姿勢で見るというのが、日本人の身体には染みついている。滝田栄《たきたさかえ》の「料理バンザイ!」やヒロミとこぶ平の「モグモグGOMBO」などといった夕方の料理番組が、午後六時から七時までの間に放送されていたのも、そういう日本人の慣習に合わせてのことだったはず。

退勤の定時が夜七時になるというのは、そんなふうに考えると、意外と抵抗感のある案のようにも思われた。かといって夕食休憩を勤務時間に含んだ形で、さらに退勤時間が遅れるというのも、代替案としてさほど良いものだとは思えない。食事休憩を計算に入れない「九時から五時まで」が過去に定着し「アフターファイブ」などの成句が存在しつつも、今は食事休憩一時間を含んだ九時間が——八時半から五時半とか、ウチのように九時から六時とかが——一般的な勤務時間と考えられている。いずれにしても勤務中の食事休憩は昼の一回だけで、その前後に合計八時間を割り振るという形で考えられてきた今の日本の勤務形態を、一時間でも弄《いじ》ろうとすれば、何らかの不都合が出てくるのも仕方のないことだろう。

午後六時台の夕食は諦めるとしても、朝の一時間がそれ以上の価値を持つことは明らかであり、俺は古谷の提案に乗ることを瞬時に決意していたのだが、

「そこでですね、いっそのこと、午前中をバッサリ切り捨てて、昼の十二時から夜の八時までを定時として、来年からはやってみようかと思うのですよ。とりあえずは朝晩の冷え込みの厳しい、一月から三月までの間を試行期間として実施してみようかと。暑さの厳しい夏場はもしかすると、サマータイム制じゃないですが、場合によってはまた時間をずらして、みたいな感じになるかもしれませんが」

予想もしなかった案を突き付けられて、俺の用意していた賛意はどこかに吹き飛んでしまった。

「待て待て。極端すぎるし、そもそも計算が合ってないぞ。勤務時間が九時間から八時間に減ってるじゃん」

古谷は「そこなんですよ」と大きく頷《うなず》いてから言葉を継いだ。

「この九ヵ月間を振り返ってみて思うのは、依頼を受けたときは別として、それ以外の日は――こっちのほうが大多数だったんですけど、依頼が入ってないときは朝から晩まで、仕事というのはひたすら待つことに限られていました。私は読書をして――井上さんも読書をしたり、あるいはケータイを弄ったりして、依頼人が直接

この事務所を訪れるか、あるいは依頼の電話が掛かってくるのを、ひたすら待っていました。そのときの姿勢と、昼食休憩のときの姿勢の、じゃあ何が違っていたのかと考えると、さほど違っていたわけではない。もちろん食事はしていましたし、井上さんは外食に出ることもありましたが、依頼が入ったときには携帯電話に連絡を入れて、なるべく早く事務所に戻ってもらう態勢は整えていました。オンオフで言うと、依頼を待つという仕事に関しては、だから昼食休憩中もオンの状態であったのではないかと。今さら過去九ヵ月間にわたって、毎日一時間ずつの残業代を支払うとか、そういう話はさすがに考えていませんが、とりあえず今後は、食事の時間も勤務時間に含めて、出勤から退勤までのすべてを勤務時間として、一日八時間で計算すべきなのではないかと思った次第です」

たしかに古谷の言うことにも一理あるとは思ったが、それでも納得がいかなかったので、抗《あらが》うこと五分間、労働者側の意見が何とか通り、出勤から退勤までの幅は一時間の食事休憩を含んだ九時間とすること、したがって退勤時刻は夜の九時に変更することで、最終的な合意が得られた。

「まあ大人ですから、夜の九時といってもそんなに危険とかいう感じでもないですし、案外この一時間の差が大きいかもしれないですよね。六時に閉まっていたのを八時までにして、ある程度は受け皿を広げられたにしても、夜八時で充分かと言われればそうじゃないような気もしますし。夜八時を過ぎてからが本番というか――やっぱり探偵事務所といえば夜のイメージがありますから」

どんなイメージかと思って問い質《ただ》すと、

「夜の仕事というと語弊がありますが、繁華街の雑居ビルに探偵事務所の看板が出ていて、見上げると事務所のある階の窓には明かりが灯《とも》っている。そんなイメージです。まあ夜九時を過ぎていたら、終業していても仕方がないって感じですか。ところがウチはいま、午後六時を過ぎたら窓の明かりが消えてしまっている。立地からして秘密を抱えた人間がウチの事務所を訪れるのは、家庭の主婦とかだったらお昼過ぎ、そして勤め人だったら夜七時から八時台という感じじゃないでしょうか」

ただし今までに依頼を受けた十五件――いや、駐車場の一件は依頼を受けてないので除外すると十四件か――を振り返ってみたときに、午前中に依頼の電話が掛かってきたケースも三、四件はあったはずである。夜の依頼人を摑《つか》まえる代わりに、そういった依頼を取りこぼすことになるのではないかと指摘すると、

「午前中に掛けた電話が繋《つな》がらなかった場合、謎解きが絡《から》んだ依頼は同業他社では受け付けていないので、どこか他所《よそ》に電話を掛けるというよりかは、時間をおい

て、午後にまたウチに電話を掛け直すというのが多いのではないでしょうか。だとしたら取りこぼしは無いとは言いませんが少ないはずです。一方で勤め人が退勤後に依頼に来ようとした場合、何度出直して来ても、午後六時以降に見上げた窓の明かりは常に消えている。じゃあいいやって諦めてしまった依頼人が、今までどれほどいたことか」

言うほどでもないように思うのだが、まったくの皆無《かいむ》だったとも言い切れない。ともあれ午前中を切り捨てて、午後は九時まで勤務時間を広げるということについて、労使の合意は得られたのだった。

「では仕事始めの一月四日からは、昼の十二時に出勤、ということで、よろしくお願いします」

そんなふうにして決まった勤務時間帯の変更は、わずか二週間ほどで、最初の成果をもたらしたのである。

2

本題に入る前にひとつ先に触れておきたい点がある。十二時出勤九時退勤という勤務形態についての話だ。

まだ一週間と数日しか経験していない段階での感想だが、これはワーカホリック気味の日本人にとって、労働意識を根本から変革する可能性のあるシフトではないかと、俺は実感している。

定時が夜九時になると、残業が確実に減る。地方都市の会社なら、一時間も残業すれば終バスはなくなり終電も危《あや》うくなるので、定時を過ぎたらよほどのことがない限り、帰るしかない。交通の便が良い都会に住んでいる人でも、一時間残業したらもう深夜手当のつく時間だとなると、そこまでの代価を受け取ってまで今しなければならない仕事だろうかと見直しの意識が働いて、続きは翌日に回して今日はもう帰ろうと判断するケースが増えるはず。さらに翌日、始業前の早出残業を禁止しておけば、労働時間は確実に減ることになる。残業規制がなかなか成果を上げない職場があったら、ぜひ十二時出勤のシフトを試されたい。

というのはさておき。

二〇〇七年に入り二週間ほどが経過した、一月十五日月曜日のこと。

「昔だったら今日は休みでしたよね」

時計の針が夜八時を過ぎたころ、古谷が生あくびを噛《か》み殺しながら、そんなふうに話題を振ってきた。言い出しっぺの奴のほうが、勤務時間のスライドにまだ身体が馴染《なじ》んでなくて、退勤前の一時間は連日つらそうな顔で過ごしている。今日も早く帰って寝たいという気持ちから、くだんの発言に繋がったのだろう。

「成人の日はもう終わったぞ。この事務所も先週しっかり休みにしたのに、もう忘れたか」

「ああいや、そうじゃなくて、私たちも十年前には新成人だったんだなっていう、そういう話です」

今年度で三十歳になる俺たちは、ハッピーマンデーになるより前、一月十五日固定だった時期に、成人式を済ませている。たしかに当時は一月十五日が平日になる日が来るなんて考えられなかった。

「そういえば、お前の従弟《いとこ》の、あの長島三郎《ながしまさぶろう》くん、たしか今日が誕生日じゃなかったか」

「ああ、そうですね。といっても本人は誕生日どころじゃないでしょうけど」

「そうか。センター試験の時期か」

受験生にとってはこれからの二ヵ月間が勝負になる。最初の山は次の土日に行われるセンター試験だ。昨夏は無理をして日焼けに努めていた三郎くんには、風邪《かぜ》をひかずに受験期を何とか乗り切ってほしい。頑張れ青少年。

そんなことを思っていると、不意にドアの向こう側、エレベーターホールのほうからチンという音がした。六階に到着した箱に乗っているのは、我が事務所に用がある人物のみ――依頼人が来たのだ。俺は素早く身を起こし、バーカウンターへと移動した。

トントンとノックの音。古谷が「どうぞ」と言うのとほぼ同時にドアが開けられ、姿を現したのは、濃紺のスーツの上にトレンチコートを羽織《はお》った、四十歳前後の長身の男だった。髪をオールバックにして銀縁眼鏡《ぎんぶちめがね》を掛け、ダンディな口髭《くちひげ》を生やしている。会社帰りだろうか。しかし通勤鞄《かばん》も何も持たず、手ぶらなのが俺の推測を難しくさせていた。

古谷が所長用のデスクを離れ、「どうぞこちらへ」と言って男を応接セットに案内すると、自身もローテーブルを挟んで反対側のソファに腰を下ろした。俺がつい先ほどまで寝転がっていたソファだ。暖めておいてやったぜ、と俺は木下藤吉郎《きのしたとうきちろう》のようなことを思ったが、あれは草履《ぞうり》の上に座っていたなと信長に叱られたときに、いいえ服の中に入れて暖めておいたのですと言い返して感心されたという逸話だった。本当に座っていたから暖かい場合には使えないか。

「所長の古谷です。お茶の用意をしているのが助手の井上で、二人とも口は堅《かた》いです。依頼を受けるかどうかは別として、ここで話されたことが外部に洩《も》れる心配は不要ですので、とりあえず相談の内容を聞かせていただければと思うのですが」

電気ポットからお湯を注いで珈琲《コーヒー》三杯を手早く用意し、盆に載せて運んだ。カップを配り終えると盆を背中に隠して俺も古谷の隣に着席する。コートを脱いで横に置いた口髭の男は、珈琲を一口啜《すす》ってから話し始めた。

「今は独り暮らしですが、去年の夏までは一緒に暮らしていた妻がいました。その妻が今日、日中に、どうやら私の家に入ったらしいのです」

「合鍵を持ってらしたのですか？」

「家の鍵は離婚の際にすべて置いていってもらったつもりでした。でもこっそりと合鍵をひとつ持っていたみたいなんです」

「お家というのは一軒家ですか？　あるいはマンション、アパート――」

「マンションです」

「離婚は協議離婚ですか？　それとも家庭裁判所が間に入りましたか？」

「協議離婚です。双方合意の上で、慰謝料とかの取り決めもなく、妻が他に部屋を借りて出て行きました。その妻の部屋の賃貸契約の保証人を、私が引き受けたりもしています。だから互いに恨《うら》みとかは抱いておらず、別々の道を進むことに双方が納得した上で別れたものと、私は理解していました」

「その別れた奥さんが、今日の日中、あなたの部屋を訪れたようだと。……ちなみにお名前を伺ってもよろしいでしょうか」

「別れた妻ですか？　ミカといいます。美しいに果実の果。今は旧姓に戻って横山《よこやま》美果です」

「旧姓に戻る前は？」

「ああそうか。私がまだ名乗っていませんでしたね。大岩《おおいわ》と言います」

改めて頭を下げたので、俺たちも同様に一礼をした。

「古谷です。こちらが井上です」

「井上です」

妙な間が空いたのを誤魔化《ごまか》すように、三人はそれぞれ珈琲のカップに口をつけた。古谷が仕切り直す。

「その横山美果さんが、合鍵を使って家の中に侵入したようだと、大岩さんが疑われているのは、どういった根拠がおありで？」

「二つあります」大岩は右手でVサインを作って見せた。

「ひとつは、マンションの一階の弁当屋さんの証言です。ウチのマンションの一階は、私が入居するよりはるか以前から、《ほくほく弁当JUN》という弁当屋が営業をしていて、なかなか繁盛してるんです」

「ああ、鉄砲町《てっぽうちょう》の。あそこ、安くて美味《おい》しいですよね」

俺は思わずそんなふうに会話に割り込んでしまった。ここから駅方向に向かって歩いて五分ほどの場所に、くだんの弁当屋はあった。依頼人の住んでいるマンションは、我が事務所の入っている《古谷第一ビル》からかなりの近距離に存在している。

「ご存じでしたか。あそこに、髪の毛をアフロにしているおばちゃんが、いるのもご存じですか」

「はいはい。わかります」と俺は応じた。古谷はわかっていない表情をしている。

「あのおばちゃんが、実はマンションへの人の出入りを、かなりよく見て憶《おぼ》えてるんですよ。人間観察が趣味らしくて。それで今日、定時で会社を上がって——勤め先は池戸《いけど》市にあるんで、定時で上がっても家に着くのは六時半過ぎぐらいになってしまうんですけどね。夕飯はだから今日みたいに《ほくほく弁当》で買って済ませることも多くて——で、そのときにおばちゃんが教えてくれたんです。あんたんとこの奥さん、去年の夏に出て行った人、今日久しぶりにこのマンションに姿を見せたけど、あんた来るの知ってた？　って」

《ほくほく弁当ＪＵＮ》は年中無休で毎日午前十一時から午後八時まで営業しているが（営業時間帯が今年からのウチとかなり近い！）、午後二時から五時までの間は客足もまばらで、従業員は交替で休憩を取るようにしているらしい。でもアフロのおばちゃんだけは休憩なしでずっと店番をしているそうだ。横山美果と思《おぼ》しき女性がマンションに姿を見せたのは午後二時過ぎのことだった。エントランスを入る姿を見た五分後には出て行く姿も見た。厚地のコートにハンドバッグひとつという姿は、入る時も出る時も変わらなかったという。

「もともと、ご一緒にそのマンションに住まわれてたんですよね？」

「そうです。だからおばちゃんも私の妻だと認識できたし――そういえば別れたこともなぜか知っていました」

おそらくそれも日頃の人間観察の賜物《たまもの》だろう。

「大岩さんの部屋に長年住んでいたということは、それなりに近所付き合いもあったと、考えることもできますよね？」

「長年というほどではないんです。私と美果が結婚して、あのマンションの部屋に住み始めたのは、平成十五年の夏からで、西暦で言うと二〇〇三年から――美果が住んでいたのは約三年間です。でもその三年の間に、隣近所に知り合いが何人か、できていたらしいことは事実です」

「だったら日中不在だった大岩さんではなく、それ以外の部屋に住んでいる、知り合いのところを訪ねたのかもしれないという可能性が出てきます」

「たしかに弁当屋のおばちゃんの証言だけでは、そういった紛れも出てきます。でももう一点、根拠があって――私が一階の《ほくほく弁当》で弁当を買ってから、自分の部屋に上がって玄関に入ったときに、ちょっとした違和感を覚えたんです」

「具体的には？」

「これはもう、その部屋に住んでいる私にしか、感じ取れないことなんですけど――たとえば玄関に、革靴とは別にスニーカーとサンダルが、出しっ放しになってるんですけど、今朝革靴を履《は》いたときに見たそれらの配置と、帰宅したときに見えた配置とが、少し違っているように思えたんです。あとは廊下の傘立てにテキトーに挿《さ》してあった傘の感じとかも。だからまるで、誰かが私のいない間にこっそり部屋に入って、玄関で自分の靴を脱いだときにスニーカーやサンダルの位置を意図しないままずらしてしまったり、あるいは廊下に上がったときに傘立てに服を引っ掛けてうっかり倒してしまって、それを元通りに立て直したときに、挿してあった傘の感じが変わってしまった、みたいな感じで」

「それ以外の変化は？」

「部屋の間取りを言いますと、廊下の先にドアがあって、それを開けるとＬＤＫが、その横にさらに洋室がひとつあります。ＬＤＫも洋室も、あるいはバスもトイレも、誰かが触ったような違和感は、特に感じませんでした。でも玄関の様子から、誰かが部屋に入ったことはほぼ確実です。それは合鍵を持った誰かのはずですし、弁当屋のおばちゃんの証言と考え併《あわ》せると、美果が部屋に入ったことは明らかです」

「別れた奥さんには、だから住居不法侵入の疑いがあると」

古谷がそう言うと、大岩氏は困ったような顔をして、

「警察沙汰《ざた》にはしたくないんですよ。いちおう三年間一緒に暮らした相手ですし。ただ彼女が何をしに家に入ったのかは知りたい。なのに彼女は認めようとしないんです。家に入ったことを」

「本人に聞いたんですか？　電話で？」

「いいえ、直接会って問い質したんです、ついさっき。美果はこのビルの三階の《新《しん》

庄《じょう》》というスナックに勤めてるんです」

家で弁当を食べ終えたあと、店が開く午後八時を待って、勤め先を急襲したのだという。しかし彼女は午後二時前後にマンションを訪れたこと自体を否定した。

「いったん出直そうとエレベーターに入ったところで、六階に探偵事務所があるのに気づいて、咄嗟《とっさ》に下ではなく上に行くボタンを押して、ついさっきここに来たというわけです」

3

「本人に覚えがないというのは、たとえば離魂病《りこんびょう》だとか――」

古谷が例によってくだらない駄洒落《だじゃれ》を言い始めたので、俺はテーブルの下で奴の足を思い切り踏んづけた。

「まあそれはともかく。ご相談内容のおおまかな部分は理解しました。ただ――どうしましょう。ウチの事務所が関与できる部分はあまり多くないように思いますが、とりあえず考えてみましょう。ひとつは美果さんの側から攻めてみること。元旦那さんの大岩さんに対しては話したくないことでも、まったくの第三者が訊けば話してくれる場合があるかもしれませんし、その場合には、大岩さんのご依頼にも応じることができるかもしれません。今日でも明日でも《スナック新庄》で本人に訊いてみることは、いちおうやってみるつもりですが――ちなみに美果さんの、その、源氏名的なものは？」

「あ、そのままです。ミカという名前で働いています」

「何歳ぐらいの方なのでしょう？」

「二十八歳です。私とは十五歳差でした」

口髭の似合うダンディな大岩氏は四十三歳か。三年前に結婚したときには二十五歳と四十歳。どういった形で二人が出会ったのか、俺は気になったが、古谷は気にならない様子で、

「もうひとつは、実際に大岩さんの家に上がらせてもらって、昼間に侵入したらしき元奥さんの行動を論理的に突き止めるという方法ですが――それはお望みでしょうか？　私たちが家に立ち入るというのは？」

「それはまあ、私が依頼している内容からすれば、入っていただくしかないでしょうし、抵抗はありませんが」

「だとしても、たとえば――横山美果さんが何かを大岩さんの部屋から持ち出して

いたとしても、それに私たちが気づくのは容易なことではない。もともと何があって何が無くなっているかを判断できるのは、大岩さんご本人にしかできないはずです。私たちが関与できるのはごくわずかな部分でしかない。それをご承知いただいた上で、場所も近いようですし、お許しが出たなら、まずは現場を見させていただきたいと思うのですが――その前に契約をどうしましょう。後ほどミカさんから何かを聞き出すことに成功して、真相が明らかになった場合には、こちらとしても対価をいただくのに吝《やぶさ》かではないのですが、今からお伺いした家で何らかの発見があった場合に、実際に気づくのは大岩さんの役目になると思うんですよ。その発見に、私たちが何らかの寄与《きよ》をしたかしないか、それを判断されるのも大岩さんにお任せするしかないのです。なので今回は成果主義で考えたいと思います。お宅にお伺いしていろいろ調査や検討をするのも、さほど時間を掛けずに終わりそうですし、ミカさんから話を伺えたとしても時間はそうそう掛からない。だから経費もほぼ掛からないと見てよいでしょう。結果が出なかった場合には報酬はナシ。完全に大岩さんが望んだとおりの働きを私たちがしたと判断されたときには、成果報酬として三万円。その中間というか――基本は大岩さんご自身で解決されたけど、私たちの働きも多少は役に立ったという場合には、ゼロから三万円までの間の適切な金額を考えていただくと。そんな感じで事前に契約をしておきたいのですが、宜《よろ》しいでしょうか？」

「あ、ハンコとかが要ります？ 持ってきてないのですが」

手ぶらで現れた以上、当然予想はついていた。

「サインで結構です」

取り消し線やら書き込みやらを加えて、規定の契約書を成果報酬型のものにカスタマイズしてから、大岩氏のサインをいただいた。依頼人のフルネームは「大岩勝《かつ》俊《とし》」というものだった。

現在時刻は午後八時半。今から大岩氏のマンションに行き、現場を調べさせていただいて――と考えると、その時点でほぼ確実に午後九時を過ぎることが予測された。本日は久しぶりに残業代が付くことになりそうだ。というよりも久しぶりの実務だ。ワクワクする。

現場での調査が何時までかかろうとも、一度は戻ってくることに決め、俺と古谷は暖房を切らず施錠《せじょう》だけして、大岩氏とともに事務所を後にした。

六階のホールはまだ暖かさが感じられたが、一階でエレベーターを降りた途端に寒さが襲ってきた。喫茶店と炉端《ろばた》焼きの間の通路を通って通りに出ると、さらに厳寒の冬の冷気が身体を締めつけてくる。他地方の方言だが「しばれる」とはよく言ったものだ。先々週の六日に今年初の大雪となって以降、倉津《くらつ》市にも本格的な冬が訪れていた。人の入れない細い路地の奥などには、今も白いものが残っている。

俺たちは大岩氏を先頭に縦並びで歩いた。場所は俺にもわかっていたが、ここは大岩氏が先頭に立って案内すべき場面だった。俺からしたら前の二人は体《てい》のいい風除《よ》けであった。話すことがあるなら暖かい屋内にいるときに済ませておくべきだというのは、もはや倉津市民の共通理解になっている。冬場に外を出歩くときには基本無言になるし、だから横並びになる必要がない。道幅が広かろうがどうであろうが移動は縦並びが基本である。

たしかに探偵は夜の街にこそ似合う存在なのかもしれない。前を行く二人を見て俺はそう思った。古谷のコートは短いケープを備えたインバネス型で、色はダークグレーだったが、そのデザインはかの名探偵に倣《なら》ったものであったろう。先頭を行く大岩氏のトレンチコート姿も、高い身長やオールバックの髪型に合っていて、こちらも探偵小説感が滲《にじ》み出ている。細身のジーンズにダウンジャケットという俺だけが仲間外れだったが、しかし探偵の本質は外見ではない。中身なのだ。

目的のマンションは《メゾンマスケット》という名前だった。マンション名までは知らなかった。なるほど鉄砲町だからマスケットか。一階の弁当屋はすでにシャッターが閉まっていた。エレベーターで四階に上がる。外廊下方式だから共用部も外の寒さのままだった。

「どうぞ」

大岩氏がドアの鍵を開け、玄関の照明を点《つ》ける。古谷に続いて無理やり室内に入った俺は、後手《うしろで》ですぐにドアを閉じた。六時半過ぎに帰宅してから大岩氏は一時間半近くをここで過ごしていたという。そのときに暖められた空気がまだ室内に残っていた。

寒気から逃れることを優先して、無理やり玄関に三人ぎゅうぎゅう詰めに入ってしまったが、思えばこの三和土《たたき》も侵入者の痕跡《こんせき》を残す貴重な現場だったはずである。といっても俺と古谷には、その痕跡は見分けられるはずもなかったのだが。目の前に伸びている短い廊下のボトルネックになっている、ちょっと大きな鉄製の傘立ても、大岩氏の目には侵入の痕跡を残しているように見えているのだろうが、俺たちにはそれもわからない。うっかり引っ掛けて倒したときの跡が床に残っていたとしても、それが今日のものだとは断定できなかっただろうし、そもそも床にはカーペットが貼られていて瑕《きず》など残りようもない。

廊下の左手にはスライドドアがひとつ、半分開いた状態になっていた。中は暗かったが洗面所のようで、バスとトイレに通じるドアがあることが見て取れた。廊下の突き当たりの、磨《す》りガラスの嵌《は》まったドアを開けると、大岩氏がリビングの灯りを点けて俺たちを招き入れた。

4

前もって予想されていたことだったが、やはり雲を摑むような話だった。昼間にこの部屋に侵入した大岩氏の元妻が、ここで何をしたのか。マンションに入ってから出てくるまで、アフロのおばちゃんの証言によれば、わずか五分しか掛かっていなかったという。おばちゃんの時間感覚にズレがあったと仮定しても、この部屋にいたのは最大でも十分以内だったと考えるべきであろう。たった十分で何ができる？

古谷はリビング内でいちばん見通しのよい場所に立って、ゆっくりと周囲を見渡していた。

四十代のサラリーマンの独り暮らしとしては、まあまあ片付いているほうだろう。寝室として使われている洋室はベランダに面していて、それを囲むようにL字型のLDKが広がっている構造だった。

「目撃証言からして、何か大きな物を持ち去ったという可能性は、考えなくても良いでしょう」

古谷が断定するように言った。証言によれば美果さんは、入る時も出る時も、手にしていたのはハンドバッグがひとつきり。何かを持ち出したと仮定しても、それはハンドバッグに入るサイズに限られる。

「奥さんが新しく部屋を借りられたのは、正確には何月のことでしたか？　それは離婚の成立より先でしたか後でしたか？」

「九月一日からの契約で、契約書自体は八月の後半に書いていたはずです。で、実際に引っ越したのは九月の二日か三日でした。保証人欄に続柄を書くときに《元夫》とは書きづらかったので、契約時にはまだ夫でいようねという話になって、離婚届を市役所に提出したのは九月の四日とかだったはずです」

「離婚後の奥さんがウチのビルに勤めているとなると、奥さんの引越し先も市内ですか？」

「ええ。銭座《ぜんざ》にあるアパートです」

銭座は《古谷第一ビル》から西に一キロほど行った場所にある町名だった。

「九月初旬に出て行った美果さんが、今日になって四ヵ月ぶりに姿を現した。どうして今日だったんでしょう。十月でも十二月でもなく、一月十五日になってから現れたのには、何か理由があったと考えてみては。そうやって考えたときにひとつ思い当たるものがありました。年賀状はどうです？　離婚してまだ四ヵ月ですから、奥さん宛のものも届いてたんじゃないですか？」

古谷の視線の先には壁から吊《つ》るされた状差しがあった。縦に長い布製で、三つ並んだポケットには封筒の束《たば》、未整理の写真の束らしきもの、そして年賀はがきの束が、上から順に入れられていた。

「ええ。でも美果宛の年賀状は先週、もう年賀状は来ないだろうと思うまで待ってから——十日だったかな、そのくらいに集めて、ちょうどいいサイズの封筒に入れて、彼女宛に郵便として送りました。だからわざわざ家に侵入して持って行ったってことはないはずです」

「夫婦連名のものはどうしました？」

「差出人を見て判断しました。美果に送った以外に、彼女が欲しがりそうな年賀状は無かったはずです」

「転送したのは全部で何通でした？」

「ちょうど十通でした。ウチに届いた年賀状が全部で七十通あって、そのうち十通を彼女に送ったので、ウチには六十通が残りました。全部十の倍数だったので憶《おぼ》えています」

「その美果さん宛の十通を十日に転送したという話は、電話とかでしましたか？」

「いや、特には。届けばわかるだろうと思って」

「それがまだ届いてなかったという可能性はないですかねえ」

「でもたしか十日には、ポストに投函しています。まだ届いてないなんてことは――あっそうか、今年は年賀状の遅配がニュースになってましたっけ」

　郵政民営化法案が可決したのが二〇〇五年で、実際に新体制が発足するのが今年の十月からと決まっている。それに向けて年賀状の配達を合理化しようとした結果なのか何なのか、今年の元日には年賀状の遅配が全国的に問題となっていたのだ。郵便物の遅配がいまだに解消されていなかったとしたら、大岩氏の転送した十通がまだ美果さんの元に届いてないということもあったかもしれず――。

「いや、だとしても、彼女がそれでわざわざこっそり、この家に侵入することはまず考えられません。大岩の家に私宛の年賀状が届いているかもしれないと、彼女がもし思い至ったとしたら、まずは電話で問い合わせてくるはずです。離婚したとは言っても、その程度の話だったら普通に電話で問い合わせができるくらいの関係なんです」

「なるほど。逆に言えば今回、わざわざこっそり侵入したってことは、その程度じゃない何か——大岩さんには言えない、何か秘密の用事があったってことになりますが」

「それを知りたいんですよ、私は」

「通帳と印鑑とかは？」

「最初に確認しました」

「物を持ち出したのではなく、情報を持ち出したとか？ たとえば住所録から誰かの住所氏名を書き写していったとかだったら、何も持ち出されていないし、もう本人に訊く以外には、我々には突き止められないってことになりますが」

「住所録——同居していた間なら、いくらでも見ることができたはずですが」

「別れてから誰かの住所を知りたくなった。でも面と向かって大岩さんに教えてとは言えない。それは何か後ろ暗いことに使う予定だったから——だとしたら」

「ちょっと見当がつきませんね。借金の申し込みとか？ うーん、可能性としてはゼロではないとは思いますが、そんなに高くはなさそうです」

「経済的に困窮《こんきゅう》している可能性は？」

「別れた時点で借金等が無いことは確認しています。個人名義の預金は三百万とかそのくらいあったはずです。それから四ヵ月、彼女も働いていますし、ギャンブルに嵌まったとか悪い男に引っ掛かったとかが無ければ、経済的には何とかなっているはずです」

「あとは──パソコンの──パスワードとかは？」

コンピュータ関係に詳しくないので、古谷は不安そうに口にしたが、大丈夫、間違ったことは言っていない。

「ネット関係は全部頭の中に入ってます。メモとかに書き出したりはしてません。直接パソコンでハッキングすることは美果には出来ないでしょう。五分しかいなかったとしたら尚更《なおさら》です」

「美果さんがこの部屋からこっそり盗み出しそうなものは、有形であれ無形であれ、思い当たるものは無いということですか」

「そうなんです。なのに今日の昼間、こっそり侵入したという事実がある。それがどうにも不可解で、何とか解決したいという思いは、今もあります」

俺はそこでひとつ思い付いたことがあり、助手の立場としては僭越《せんえつ》ながら、二人の会話に口を挟《はさ》んだ。

「そこの状差しの真ん中のポケットに、写真の束が突っ込まれていますが、あの中に、別れた奥さんが後から欲しいと思うようなものがあったという可能性はありませんか？」

「ああ、あそこの写真ね。いちおう妻と別れるときには全部、彼女に見てもらったはずですけど。彼女が必要なものは全部抜いた上で、余ったものがあそこに突っ込んであります」

「見せてもらってもいいですか？」と言ったのは、俺ではなく古谷だった。

「いいですけど。ただ後になって、やっぱりあの写真が欲しいと思った場合でも、年賀状のときと同じで、普通に私に電話してきて、送ってねとか、今度取りに行くから宜しくねとか、言いそうなものですけど」

大岩氏の話を半ば聞き流しながら、古谷が状差しの写真の束を手に取り、次々と見て行く中で、何か気になるものを見つけたらしい。

「この、子供の写真は誰のですか？」

古谷が手にしているのは、十代前半と見られる男の子のスナップ写真だった。大岩氏が言う。

「ああ、それは息子の写真です。息子と言っても美果の子ではなくて、その前の妻との間に出来た子供です」

5

「バツ2、ですか?」

と古谷が訊くと、大岩氏は「そうです」とやや決まり悪そうに認めてから、自身の二度の結婚について、あらましを説明し始めた。

大岩勝俊が室谷玲子《むろやれいこ》と結婚したのは一九九〇年――大岩氏は二十七歳、玲子が二十四歳のときだった。ともに大成《たいせい》銀行池戸支店に勤めていて、いわゆる職場結婚だった。大岩氏は結婚を機に、大学時代から住んでいたアパートを出て中古マンションをローンで購入し、二人の新居とした。九二年には一人息子の優介《ゆうすけ》が生まれる。妊娠中に産休を取っていた玲子夫人は結局そのまま退職し、専業主婦となる。二〇〇〇年には住宅ローンも完済。最初の結婚生活はすこぶる順調に思われたが――。

「ローンを完済して、大きな肩の荷がひとつ下りたような気になりました。ちょうどその年、横山美果が新卒としてウチの支店に採用されて来たのです。心に油断があったんでしょうね。最初は接点が無かったのですが、二〇〇二年の異動で私の部下になってから、ほどなくして男女の関係になりました」

出張先で風俗を使ったりは数回経験していたが、本格的な不倫は結婚後初めてだった。妻とはちょうどひと回り違う若い身体には抗《あらが》いがたい魅力があり、回数を重ねるうちに一年が過ぎていた。やがて目撃情報が総務課を経由して妻の同期に伝わり、当然玲子も知ることになる。妻は最初は夫を信じていたようだが、興信所を使って確かめてみたところ、決定的な証拠を入手して夫に突き付けることとなった。

「そのころには玲子との間に男女の関係は無くなっていました。優介の母であり、私は優介の父である。だから二人は同居しているんだと、そんなふうに考えていました。妻との間に無くなった男女関係は、だから家の外で賄《まかな》うのが当然だとさえ考えていました。だけどその言い分は玲子には通用しません。当然です。彼女はもう私とは同居できないと言いました。私は職場から近いそのマンションに住み続けたかったのですが、出て行くのは私のほうだと妻に言われて仕方なく、いったん倉津の実家に住処《すみか》を移しました。妻の実家は池戸市内にあったので、妻のほうが出て行ってくれれば良かったのですが、とてもそんなことが言える雰囲気ではありませんでした。それもまあ今から思えば当然でした。私はそれでも、優介の両親が二人揃《そろ》っていたほうが良いと主張して、元の関係に戻ろうと働き掛けましたが、玲子は離婚を希望しています。非は完全にこちらのほうにありますから、玲子の側の主張が全面的に通って、私たちの婚姻関係は解消されることが決まりました。家裁に間に入ってもらって、慰謝料としてマンションの名義を変更する話とか、月々の養育費を幾ら、何年まで払い続けるとかが決められ、二〇〇三年の六月に正式に離婚が成立しました」

「美果さんと結婚されたのも二〇〇三年でしたよね？」

古谷が訊ねると、大岩氏はひとつ頷いてから話を継いだ。

「玲子は私との離婚協議と並行して、私の不倫相手だった横山美果に対しても、民事訴訟を準備していました。元の職場の後輩に、夫を盗られ夫婦関係を壊されたわけですから。慰謝料を請求することができるのです。美果がその当時、私に対してどのくらい本気だったのかわかりませんが、密会のたびに『まだ奥さんと別れないの』といったことも言っていましたし、私の携帯電話にそういった電子メールを送って来ることもありました。そのメールがいつの間にか玲子の手に渡っていて、美果に対する訴訟の証拠として用意されていたと聞いています。美果が私との結婚を決意したのは、その訴訟から逃れるためだったかもしれません。私たちが結婚してしまえば、一組の夫婦の夫からも妻からも慰謝料を取るというのは、少し難しくなりますから。実際、玲子は私たちが結婚の意思を表明した段階で、美果への訴訟を諦めてくれました」

大岩氏は結局、玲子との離婚が成立して一週間後には美果と入籍している。独身と既婚者では社会保障の待遇が違ってくるのだが、大岩氏は既婚から既婚にスライドした形になって、税金の控除などもほぼ変わらないまま、二〇〇三年の処理を乗り切ったという。

「優介の苗字《みようじ》が変わるのは、小中学生の間でいろいろ言われそうなので、大岩優介のままとしたい。だから玲子も大岩姓を名乗り続けることにすると。私は美果と結婚するまで実家の両親と一時的に暮らしていましたが、その間ずっと両親からこっぴどく叱られていました。ウチの親は玲子のことが気に入っていたのです。優介も初孫として可愛《かわい》がっていました。なのでウチの親と玲子、優介との間には今でも、祖父母と孫、そして孫の母親という形で、交流があるという話は聞いています。苗字も同じですし。大岩姓を名乗っている中では私だけが、その交流の輪の中に入れないのです」

大岩勝俊が美果と結婚した際に、職場のある池戸市ではなく、実家のある倉津市内に新居を定めたのも、玲子の住むかつての我が家から距離を取ることが求められていたからだそうだ。通勤時間のことを考えて、せめて倉津駅に近い場所をということで、この《メゾンマスケット》が選ばれたのだという。

「私との結婚を機に、美果は銀行を辞めました。玲子に優介への養育費を払うことになったので、かつてのような余裕のある生活は不可能になりました。実家は同じ市内にあるのですが、ウチの両親は美果と会おうともしない。玲子のことを善人として見ている以上、美果は悪人としてウチの実家では扱われています。それを変えたくて、美果はとにかく子供を欲しがっていました。私としても新しい家庭に子供が生まれて、また子育てをすることに否《いや》はありませんでした。優介も大事な子供ですが、もう自由には会わせてもらえない。だったらこっちはこっちでまた自分の子供を作ろうではないか。そう思っていたのですが、どうしても美果との間に子供ができない。子供さえ生まれれば大岩の実家から認めてもらえるはずなのに。結婚して一年目の正月も、二年目の正月も、三年目の正月も大岩家に足を踏み入れることが叶《かな》わず、一方で家計の足しにと始めた夜の勤めが順調で楽しいものに思えてきて、彼女の中で私との結婚生活を続ける意味が見出《みいだ》せなくなってしまったのです。

私としても彼女がずっと苦しんできたことも知ってますし、夜の勤めを始めてから生活時間のすれ違いが起きてしまっていて、一緒に暮らしてはいるけれど結婚当初の気持ちはもう二人の中に残ってないことは承知していましたので、彼女から離婚を言い出されたときには頷くしかありませんでした」

「なるほど。で、この写真は？」

古谷が話を元に戻すと、

「優介とは直接会うことが禁じられている代わりに、その都度の——近影というんですか？　息子の成長を伝える写真に関しては、私に送ってくることが、玲子の側に義務付けられているんです。年に何回か、最新の息子の写真が送られてきます。そのうちの一枚がそれです」

「なるほど。じゃあいちばん上のポケットの封書の中にも、最初の奥さんからのものが入っていると」

「そうですね。写真を送ってきたときの封筒が、入っているはずです。そういうことで言えば、いちばん下のポケットにも、玲子からの年賀状は入っています。いちおう養育費を月々払っている関係から、義務的に送って寄越すことに決めているらしくて、今年は美果と別れてから初めての年賀状なので、何か変わったことが書いてあるかと期待したのですが、特に何もなく、今までどおりの内容でした」

「今までどおりの内容というと？」

「養育費をヨロシク的な。あと養育費をありがとう的なことも書いてあった気がしますが――」

そう言いながら、大岩氏は状差しのいちばん下のポケットから年賀状の束を引き抜いて、これじゃない、これでもないといった感じに、一枚ずつ内容を確認していった。それがやがて最後にまで達してしまう。

「ん？　玲子からの年賀状が無い？　ちょっと待て」

ダイニングの椅子《いす》に腰を下ろすと、テーブルの上に年賀状を一枚ずつ重ねて置いてゆく。

「五十七、五十八、五十九……一枚足りない。やっぱり玲子から来た年賀状が無くなってる！」

6

「とりあえず、美果さんが持ち出したものが見つかりましたね。それひとつだけだったかどうかはともかく」
古谷がそう言って、自分が手にしていた写真の束を状差しの二番目のポケットへと戻す。
「どうして美果が玲子から来た年賀状を。何のために？」
「そう、それが問題です。改めて訊きますが、どんな年賀状でした？」
「普通の年賀はがきで、裏面は元から新年の挨拶《あいさつ》や絵柄がカラーで印刷されて売っ
ているようなやつで、そこに《養育費助かってます今年もよろしく》だったかな、
たしかそんなことが手書きで書かれていました」
「それ以外に目立った特徴のようなものは？」
大岩氏は黙って首を横に振った。あと年賀状に書かれていることと言えば、宛先
および差出人の住所くらいだ。問題は美果さんが玲子さんをどんなふうに思ってい
たかに関わってきそうだった。古谷が質問する。
「玲子さんは今どこにお勤めか、わかります？」
「私と離婚したあと、再就職を考えていたことは知ってますが、実は息子の優介
が、少し手のかかる子供でして」
幼稚園や小学校など、外では真面目《まじめ》で大人しく、成績も優秀というい子なのだ

が、家で自分一人の時間が続くと情動が不安定になり、不規則な行動を取ってしまうのだという。だから必ず家に誰かがいなければいけない。医者の診断によれば、成長とともに改善され、大人になるころには普通の人と変わらなくなるだろうという話だったが、とりあえず小学生の間はその症状は治らなかった。

「離婚したときに小学六年生だったので、今は中学三年生――高校受験を控えている年齢です。多少は良くなっているのかもしれませんが、玲子はいまだに平日の十時から午後二時ごろにかけてのパートの仕事しかしてないはずです。そのぶん私からの養育費が欠かせない状況なのです」

向こうはマンションが持ち家で家賃が掛からなくても、そういった状況で母親の収入が充分とは言えず、困苦《こんく》にあえいでいる。こちらはマンションが賃貸で月々の家賃とさらに養育費を支払っていたので、エリート銀行マンであっても生活は苦しく、二番目の妻は途中からホステスの仕事を始めていた。離婚というのはそんな形で、双方の暮らしを苦難へと導くことがあるのだ。よって銘《めい》ずべし。くわばらくわばら。

「パートの仕事だと、それほど濃い人間関係は築けていないかもしれませんね。年賀状の送り先は、大岩さんと暮らしていた当時とそんなに変わっていないと考えても良さそうです。何通ぐらい出されたと思います?」

「私と違って学生時代の友達とのやり取りが十人以上、続いていたので、それも合わせてたぶん四十から五十ぐらいだったと思います」

人間関係、年賀状の希少性、どれも事件解決へのヒントにはなりそうもなかった。

「年賀状は美果さんと結婚されている間も毎年、届いていたんですよね?」

「そうです。それ以外にも、先ほど話した息子の写真と近況を報告した手紙が、年に三回ぐらい届いていました。だから美果が改めて持ち出した理由がわからない。玲子からの郵便物は嫌忌《けんき》していたので、差出人欄のマンション名を憶えてなかったということは——いや、不倫時代にもらったメールの中に、当時玲子と住んでいたマンション名が書かれていたものがあったような気がします。あなたが動かなければマンションまで押し掛けるかもしれません的な。そのマンションに玲子は今でも住んでいるのですから、差出人欄を知るために玲子の年賀状を盗み出したという理屈は、たぶん成り立たないはずです」

「だとすると、何でしょうね。……あ、そうか」

古谷はそこで不意に何かに思い至った様子を見せた。奴がそのとき視線を向けていたのはダイニングテーブルの上、大岩氏が数えた年賀状の束、ではなく、その横に置かれていた畳《たた》まれたままの新聞と、さらにその下に広げて置かれていた新聞だった。朝刊を読んでから出勤したのがそのままになっていたところに、届いていた夕刊を弁当とともに持ってきた大岩氏が、ぽんとその上に置いたのだろう。

「大岩さん、実家の電話番号を教えていただけませんか」

「ウチの実家ですか？」

面食らったような表情を見せたものの、大岩氏は素直に六桁《けた》の数字を口にした。電話番号を暗唱できるなんて凄《すご》いと一瞬思ったが、その番号は大岩氏にとって幼少時からずっと「家の番号」だったものである。憶えていて当然だった。

「井上さん、携帯電話、持ってますよね？」

古谷にそう言われて、俺はダウンのポケットから自分のケータイを出して奴に渡した。

「あ、電話ならそこにありますけど……」

大岩氏の好意を無視して、古谷は俺のケータイを持ったまま、リビングを出て磨りガラスの嵌まったドアを閉じてしまった。会話の内容を大岩氏に聞かれたくないのだろう。掛けている先は大岩氏の実家。何を聞こうとしているのか俺なりに考えていると、いったん廊下に出た古谷がまた戻ってきて、小声で「井上さん、ちょっと」と言って手招きをする。画面を見ると六桁の番号しか打ち込まれていない。市外局番が必要なんだよ！

俺が番号を打ち直して通話ボタンを押してから、ケータイを古谷に渡すと、耳に当てながら再度リビングを後にする。今度は戻って来るまでに三分ほどを要した。大岩家との通話は無事に済んだらしい。

「さらにひとつ情報を得ることができました。あとはもう一点。美果さんと玲子さんの繋がりがどういったものだったかが、今一つ想像がつきません。もうこうなったら美果さんに直接聞くしかないと思います。……いま美果さんに電話を掛けること、できます？　できればスピーカーで、私たちも聞きたいのですが」

「とりあえずケータイに掛けてみます。出てくれるといいんですけど」

「もし出たら、あなたが玲子さんからの年賀状を盗み出したことは突き止めたぞということを仰《おつしや》ってください。目的も突き止めました。玲子さんが大岩さん、あなたに出した年賀状が、お年玉の抽選で一等賞に当たったんです、おそらく」

受話器を置いたまま電話機本体の番号をプッシュし終えて、スピーカーから呼び出し音が流れ始めていた。古谷の発言を聞いた大岩氏は目を丸くして、驚いた表情を見せた。

「ご実家に電話して、勝俊さんの代理の者です、玲子さんから届いた年賀状のお年玉抽選番号を教えてくださいと言ったら、向こうでも承知していたようで、一等賞はウチじゃないですよ、ウチは末尾の数字が二個違ってましたと簡潔に答えてくれたので、新聞で番号を確認する手間も省けました。今朝の朝刊で発表されましたよね」

俺は慌ててダイニングテーブルの上の朝刊を手に取った。すぐに小さな囲み記事を見つける。一等賞の賞品は、「わくわくハワイ旅行」「にこにこ国内旅行」「ノートパソコン」「DVDレコーダー＋ホームシアターセット」「デジタル一眼レフ＋プリンターセット」の五つの中からひとつを選べるというものだった。パート暮らしの母子家庭にはどれも贅沢品で、自腹ではなかなか手が出せない商品なのかもしれない。

ただ、玲子が大岩氏宛に出した年賀状が当選していることを、美果はどうやって突き止めたのか。玲子から美果に年賀状が届いて、その番号が一番違いだったから？　なぜ玲子が美果に年賀状を出す？

呼び出し音は十数回続いて、仕事中はケータイに出ないようにしているのかと諦めかけたとき、呼び出し音が途切れて若い女性の声が応じた。

「はい。美果です」

「ああ、勝俊だけど。先ほどはお店まで行って済まなかった」

「もう来ないでほしいんだけど」

「ああそうする。ただその前にひとつ。お前がウチに入って何を持ち出したか、ようやく分かったぞ。玲子から来た今年の年賀状だ。お年玉の抽選で一等賞が当たっていた」

「……確認してたんだ」

「何で玲子から来た年賀状の番号を、お前が知ってるんだ？ それが分からない」

大岩氏が肝心の質問をする。しばらく間が空いてから、横山美果が答えた。

「玲子さん本人から聞いたの。でも番号を控えていたのは玲子さんじゃなくて優介くん。自分宛に届いた年賀状は当たったかどうか分かるけど、それだけじゃなく誰に何番の年賀状を送ったかメモを残しておけば、もし当たりが出た場合に、こっちから相手に『僕が出した年賀状が当たってるから景品と交換して』と伝えられる。せっかく当たったのに番号を確認し忘れて景品を貰い損ねるというもったいないことにならないように、母親の分も含めて、番号の控えを残していたんだって。それが今回役立ったんだけど、出した相手がよりによって別れた元亭主で、意地でも一等の景品が欲しいとは言えなくて、だってさ。わたしは合鍵を持ってたし、どうせ届いた年賀状が一枚減っていようが、あんたは気づかないだろうと思って、今日の今日、いただきに伺ったのは仰るとおり。でも悪事はバレるものなのね。これが天網恢々疎《もうかいかいそ》にして漏らさずってやつ？　で、どうしたいの？　玲子さんの年賀状を取り戻したい？　優介くんは今、自分用の新しいパソコンがどうしても欲しいみたいだけど」

「どうしてお前が玲子の家の事情を知ってるんだ？」

「わたしたち――わたしと玲子さん、いまメールですごいたくさん連絡を取り合ってるの。三年前にわたしがしたことが、完全に許されたとは思ってないけど、でもそれはそれとして、わたしの側の勝手な言い分もちゃんと聞いてくれて――玲子さん、とても素敵な人だったのね。わたし、離婚した直後に彼女宛に謝罪の手紙を書いたの。結婚したから訴訟を取り下げてくれたことは承知してたから、逆に離婚した今また民事で訴えられたら困るから先に謝っちゃおうと思って。そこからメールのやり取りが始まって、わたしが大岩の実家の敷居を跨《また》がせてもらえなかったこととか、向こうも大岩の実家から聞いていたのね。わたしが子供さえ出来れば許されると思って、でもどうしても出来なくて心が折れた話とかをしたら、あなたも苦労したのねって感じで同情されて。一時は同じ男を取り合った仲で敵対していたけど、今は同じ男に苦労させられた戦友みたいなものですねって、そんな感じで書いてくださって」

話の背後には小さくカラオケの音が聞こえていた。店内ではなく控室《ひかえしつ》か、あるいは外のホールに出て通話しているのだろう。大岩氏は固定電話のスピーカー機能を通じて流れてくる美果の話を、まるで怪談を聞くような表情をして聞いていた。それも当然だったろう。何しろ別れた妻たちが連絡を取り合っているというのだから。男にとって最大級の恐怖だろう。

「――で、年賀状はどうする？　どうして欲しいの？」

美果に詰め寄られて、大岩氏は絞り出すような声で答えた。

「玲子の家に――優介に、送ってやってほしい。あとお前の持っている合鍵は私に送ってくれ。処分するならそれでもいい。もう複製は作るな」

「その点は謝るね。嘘ついてごめん。じゃあ切るね」

スピーカーから流れていた音がプッッと切れ、受話器を手にしていればまだ様になったのだろうが、それすら手に持っていない状態の大岩氏は、俺たちのほうに向き直ると即座に言った。

「お二人のおかげで問題は解決しました。成功報酬の三万円は後日振り込みます。今日のところはこれでお引き取りください。ありがとうございました」

そう言って深々と一礼をする。頭を下げている間にとっとと退散しろというのだろう。

まあ、とりあえず、古谷は今回も謎解きの依頼に応《こた》えることに成功した。その点はめでたしめでたしと、まずは言っておこう。

そそくさとリビングを後にしつつ、それにしても探偵というのは、他人の家庭の奥深くまで覗《のぞ》き見してしまう稼業なのだなあ、怖いなあと、そんなことを俺は思っていたのだった。

File 17
「次女の名前」

1

二〇〇七年一月二十二日。月曜日の午後一時過ぎのこと。

古谷《ふるや》がトイレに立って間もなく、所長のデスクの電話が鳴り始めた。

ここ《カラット探偵事務所》に勤めるのは、所長の古谷謙三《けんぞう》の他には俺一人だけで、自分が出るしかないかと応接セットのソファから立ち上がったところで、ふと気づいたのである――昨年四月の事務所開設以来、約十ヵ月間が経《た》とうとしていたが、俺が電話に出るのはこれが初めてだと。

ウチの事務所の電話が鳴るのは、平均すれば週に一回か二回で、通算では六十回前後だと思うが、今まではすべて古谷が席に着いているときだった。何だか緊張する。

ひとつ深呼吸をしてから、レトロなデザインの受話器を取り上げた。

「はいもしもし。カラット探偵事務所です」

俺が出てから五秒ほどの間は何の応答も無かった。「もしもし？」と再度問い掛けてみると、回線の向こうでたじろぐような気配のあと、ようやく声が返ってきた。

「あ、えー」

女性の声であった。子供ではないし高齢者でもない。探偵事務所に電話を掛けるなどおそらく初めての経験で、何から話せばいいか戸惑《とまど》っている様子が、こちらにも伝わってくる。

「なにかご依頼の電話でしょうか？」

さらに水を向けてみると、ようやく意を決した様子で、

「あのー、そちら、普通の興信所とかとは違って、謎を解いていただけるとお聞きしたのですが――」

「あっはい、いちおう《謎解き専門の探偵事務所》という形で、営業させていただいています」

その点を承知の上で電話を掛けてきてくれたのであれば、浮気調査とかの的外《まとはず》れな依頼内容ではなさそうだ。これは期待が持てる。

「あのー、ちなみに、そちら、午前中はお休みなのでしょうか？　今日、九時過ぎと十一時前と、午前中に二回電話をしたのですが、誰も出なかったので――」

「それは申し訳ございませんでした。先月までは午前九時から事務所を開けていた

のですが、今月からは昼の十二時からの営業に切り替えていまして。……あっでも、依頼の受付がその時間帯に変更されたということであって、依頼を受けた後は早朝だろうが深夜だろうが、必要な時間に働くことは当然いたします」

古谷がどう思うかはわからないが、少なくとも社会部記者上がりの俺にとって、夜討《よう》ち朝駆《あさが》けは慣れたものである。

そこでふと気配を感じて振り返ると、古谷が事務所のドアをそーっと開けて入ってくるのが見えた。堂々と入ってくればいいのに、何をこそこそしているのだろう。俺が「替わるか？」と目で訊《たず》ねると「そのまま続けて」と手振りで返してきたので、俺は依頼人との会話に集中し直した。

「——依頼をするためには、そちらの事務所にお伺いするしかないのでしょうか？」

「あ、いえ、こちらから出向くこともあります。場所にもよりますが」

「……池戸《いけど》なんですけど」

申し訳なさそうに言ってきたが、県内だったら別にいいだろう。独断で「大丈夫です」と請《う》け合うと、相手はホッとしたような声のトーンで、

「でしたら明日の午前中——午前十時ごろに来ていただくことは可能でしょうか？

実は子供がおりまして、二人が小学校と幼稚園にそれぞれ行っている間にご相談できれば、大変助かるのですが」

「わかりました。住所とお名前をお願いします」

デスクの上にあったメモ用紙とボールペンを手元に引き寄せて用意すると、

「池戸市、古川《ふるかわ》三丁目、二番地の十五、浦和美奈《うらわみな》と申します」

部屋番号などが含まれていないことから察するに、集合住宅ではなく一軒家なのだろう。続いて電話番号も相手に訊いて、メモ用紙に書きつける。

音を立てないようにそーっと近づいてきた古谷が、俺の書いたメモに目を落として、ひとつ小さく頷《うなず》いた。池戸市だったらこちらから出向いてもOKという意味だろう。俺は安心して会話を続けた。

「ご依頼の内容は、では明日お伺いしてからお聞かせいただくということで?」

「はい。それで宜《よろ》しいのであれば。ちょっと電話では伝えにくいというか」

「わかりました。……あっと、ちなみに駐車場はあります?」

「カーポートが空《あ》いております。そこに停めていただければ」

「了解しました。では明日」

受話器を置いて、思わずふーっと息を吐いた。思っていた以上に緊張していたらしい。

「この電話に出たの、考えてみたら初めてだった」

「出ていただいて助かりました」

俺の緊張した様子が面白かったのか、ニヤニヤしながら古谷が言った。

「途中で替わってもらおうかと思ったんだけど」

「途中で人が替わると、相手の方も戸惑うでしょうから」

古谷はそう言いながらデスクを回り込み、自分の椅子に腰を落ち着けた。俺は定位置のソファには戻らずに、その場で古谷との会話を続けることにした。

「何か聞きたいことは？」

「結局、明日の午前十時に伺うという話が決まっただけで、依頼内容については何も言わなかったんですよね？　住所氏名はここに書いてありますし。……逆に何か付け足すことはあります？」

依頼人が女性だということも《浦和美奈》という名前を見ればわかるだろう。だとしても――。

「うーん、小学校と幼稚園に通う子供が二人いて、その二人がいない間に相談したいと言っていたから――あと声の感じからしても、年齢的にはたぶんタメか少し上か――三十、行っても半ばぐらいだと思う」

「なるほど。重要な情報ですね」

「あ、あと『そちらは謎解き専門の探偵事務所ですよね』というようなことを言ってた」

　すると古谷は目を輝かせて、

「それがいちばん重要です。それを承知で依頼の電話を掛けてきたということは――期待が持てます」

「池戸までこちらから出向く価値はあるだろ?」

「ありますあります。井上《いのうえ》さん、よくやってくれました」

　別に俺が何かしたわけではないのだが、まあ褒《ほ》められて嫌な気はしない。

　ちなみに俺が所長の古谷に対してタメ口なのは、高校時代の同級生という昔からの関係性があるからで、いちおう依頼人の前などでは上下関係を意識した口調を心掛けるようにしている。一方で古谷が俺に対して(というか誰に対してもなのだが)丁寧語で話すのも昔からで、お坊ちゃん育ちの影響なのだそうだ。古谷家は倉《くら》津《つ》市内では有数の資産家なのである。

　そういうバックグラウンドを持っているせいで、《謎解き専門の探偵事務所》などというふざけた商売が成り立っているのも、金持ちの道楽で収支を度外視しているからだと思われがちだが、いやいや、この十ヵ月間に解決した事件はすでに十六件を数えていて——つい一週間前にもひとつ解決したばかりだ——今回のこの依頼がもし成約となれば、我が事務所の十七番目の事件にカウントされることになる。依頼の数もさることながら、解決率百パーセントという数値が何より凄《すご》いと思う。

願わくば、今回もその全勝記録を更新できますように。

2

翌二十三日火曜日は、朝から青空が広がっていた。俺の愛車も直射日光を浴びており、朝八時半過ぎの段階で、フロントガラスの霜《しも》は雑巾《ぞうきん》で拭《ふ》き取れるほど脆《もろ》くなっていた。

事務所の入っている《古谷第一ビル》の前で所長を拾ってから、バイパスに乗って四十分、紀里谷《きりや》トンネルを抜ければもうそこは隣市の池戸である。古川インターで下りて信号を三つ過ぎれば、地図で確認した浦和家が見えてくるはずであった。

「たぶんあれだ。カーポートがあるって言ってたし。……けっこういい家だな」

俺の声にはいくぶんの妬《ねた》ましさが滲《にじ》んでいたかもしれない。

別に豪邸というわけではなく、建物自体は普通のサイズだったが、デザインも洒《しゃ》落《れ》ているし、何より敷地の使い方に余裕があるのが羨《うらや》ましい。

半透明のプラスチックの屋根に覆《おお》われたコンクリート敷きのカーポートに車を停め、時刻を確認するとまだ約束の時刻よりも前――午前九時五十二分だった。早すぎもせず、ちょうど良い頃合だろう。

晴れてはいるものの外はまだ寒い。玄関ドアの前に二人で並び立って、古谷がインターホンのボタンを押した。

「はい」

「えー、カラット探偵事務所の者です」

昨日の電話の声とは違っているのを訝《いぶか》しがるでもなく、すぐに「開いてます、どうぞ」と言って通話は切れた。古谷がドアを開けて玄関に入り、俺もその後に続く。

一間幅《いっけんはば》の玄関の三和土《たたき》は広く取られており、その先は左半分が二階へと続く階段、右半分が廊下となって奥のダイニングまで続いていた。広々とした玄関ホールだが、暖房が充分に効いていて寒さは微塵《みじん》も感じられない。依頼人とおぼしき女性が廊下をこちらに向かって来ていた。室内着にも外出着にも使えるカジュアルな印象のワンピースの上に、厚地のカーディガンを羽織《はお》っている。玄関の段差を挟《はさ》んだまま向き合って、まずは挨拶《あいさつ》から――。

「カラット探偵事務所所長の古谷です。こちらが昨日電話で応対した助手の井上です」

「井上です」

「浦和です。どうぞお上がりください」

案内されたのは、廊下に上がってすぐ右手の部屋だった。六帖ほどの洋室で、部屋の中央に応接セットが置かれている。たまたま事務所で使っているものとまったく同じ製品だったので、俺にもメーカー名がわかった。

「紅茶でよろしいかしら?」

「はい。二人とも紅茶で、お願いします」

古谷が俺の顔を見て確認してから答えた。厚かましいようだが、依頼人の話が短時間で終わるかどうかは現時点ではわからない。一、二時間もかかるとなれば、やはり口を潤《うるお》すものが必要になるだろう。なのでこういう場合は「お構いなく」などと言って遠慮するのではなく、古谷のように答えるのが正解なのだ。

「いまは私一人きりなので、少しお時間をいただきます。それまでしばしお待ちください」

そう言い残して応接間を出て行った依頼人は、建物と同様、上品な雰囲気をたたえた女性だった。まずは美人と言って間違いはないだろう。

古谷は首を左右に向けて応接間の内装を確認すると、

「建てられてまだ数年といった感じですから、旦那《だんな》さんが奥さんとの結婚を機に建てた新居でしょうか。家の構えとか家具の選び方とかも、けっこういい感じというか、少なくとも私とは趣味が合います。選んだのは旦那さんでしょうかねえ」

「女性の趣味も合ってる？」

古谷とは長い付き合いだが、どんな女性に惹《ひ》かれるかといった話は、今まで聞いたことがなかった。奴が好きになる女性というのは、たとえばあんな感じなのかもしれないなとふと思って、何の気なしに訊いたのだが、古谷には想定外の質問だったらしく、「いや――」と反射的に口にしたあとは黙り込んでしまった。

やや気まずい時間が一分ほどあり、依頼人が応接間に戻ってきたときには、俺も少しだけホッとした。

「インスタントですみません」

夫人の言うインスタントとはティーバッグのことだろうが、ティーバッグにもピンからキリまであって、浦和家で使っているのはおそらくピンのほうだったろう。カップを鼻先に近付けたときの香りがとても良かった。

「改めまして、カラット探偵事務所所長の古谷と申します」

そう言って名刺を渡してから、奴が用件に入る。

「さっそくですが、ご相談内容について、お聞かせいただけますか？　私も、助手の井上も、ここで伺ったことは一切外部には洩《も》らしません。内容次第によっては依頼を受けられない場合もありますが、その場合でも秘密厳守は徹底します」

すると夫人は「承知した」といったふうに深く頷いてから、

「お二人にお願いしたいのは、実は――もう六年と四ヵ月ほど前になるのですが、交通事故で亡くなった夫に関することなのです」

室内の空気がその瞬間、一気に重さを増したように感じられた。

「恵むに数字の五と書いて、恵五《けいご》という名前でした。恵五さんが亡くなったのは、二〇〇〇年の十月二日でした。その前日に私は次女を産んでいます。次女が産まれた翌日に、夫は交通事故で亡くなりました」

俺も古谷も、言葉を挟むことすらできなかった。何という過酷《かこく》な運命だったろう。

「次女にはアユミという名前を付けました。歩くに美しいと書いて歩美です。夫が亡くなる直前に考えていた候補のひとつです。ただ、それで本当に正しかったのか――恵五さんが本当は産まれたばかりの次女にどんな名前を付けたかったのか、それを探偵さんには解き明かしていただきたいのです」

そんなふうに言い切られて、概要説明の時間は終わりを告げた。それを受けて今度は我が探偵事務所側が、何か応じなければならない。しかし何をどう言えばいい？

「旦那さんの――仏壇はありますか？　あるいはそれに類したものは」

古谷が発したのは、そんな言葉だった。

「隣を仏間にしています」

「ではまず最初に、ご挨拶させていただいてもよろしいでしょうか」

応接間の隣は四畳半の和室で、北側の壁の中央に仏壇が据《す》えられていた。夫人によって新しく線香が焚《た》かれ、俺と古谷は鈴《りん》を鳴らしてから、仏壇に安置されたご本《ほん》尊《ぞん》および位牌《いはい》に向かって合掌《がっしょう》をした。

「ありがとうございます」

夫人が俺たちに頭を下げ、ご主人への挨拶は終了した。場をふたたび応接間へと移す。冷めかけた紅茶に口をつけて気を取り直してから、

「では、改めてお伺いしますが——」

古谷がそう言って話を本題に戻した。

「歩美さんと名付けられたお子さんの名前は、ご主人が生前に候補として考えておられたもののひとつだったと、先ほどお伺いしました。ではその他の候補に、どういったものがあったのか、等々、まだ私たちがお聞きしていない情報がありますよね？」

すると夫人はゆっくりと立ち上がり、背後の戸棚からA４サイズの大判封筒を一通取り出すと、

「手掛かりになりそうなものは、この封筒に入っている一枚だけです。私にとって貴重なものですから、どうぞ大切に扱ってください」

「拝見します」

クラフト紙製のよくある封筒は、中の紙を保護するために事後に用意されたものらしく、重要性はまるで無かった。肝心《かんじん》なのはその中身だった。古谷が慎重に取り

出したのはA3サイズの用紙を山折りにしたもので、開いたときの左半面上部には《出生届》と、右半面には《出生証明書》と印刷されていた。各欄にはボールペンで記入がされており、左右で筆跡が違っているのは、《出生証明書》が医師によって書かれたものであるのに対して、《出生届》が親によって書かれたからだろう。ほとんどの項目が書き込まれている中、《子の氏名》については《出生証明書》のほうは空欄のまま、《出生届》のほうは苗字《みょうじ》だけ《浦和》と書き込まれた状態であった。ここに名前まで書き込まれていれば、もちろん夫人が俺たちに今回の依頼をすることもなかっただろう。

「この――《出生届》のほうを書かれたのが、旦那さんですか？」

「そうです。恵五さんの字です。裏面もご覧ください」

夫人に言われて、古谷がA3サイズの用紙をひっくり返す。すると真ん中あたりに横書きで《歩美》《沙織》という二つの名前が、こちらは鉛筆で（あるいはシャープペンで）書き込まれているのが見て取れた。字体からしてこれも表面の《出生届》と同じ人物が――亡くなった旦那さんが書いたもののようだった。

「候補はこの二つですか？　――いや、ここに何か消した跡がありますね？」

古谷が言うように、裏面の中央には二つの名前の他に、微《かす》かに紙が擦《こす》れたような跡があった。上から順に、何かを消した跡、《歩美》、《沙織》の三つが、一センチほどの間隔をおいて縦に並んでいる。

「その消しゴムで消された文字が何だったたか、よくある探偵の七つ道具みたいなもので、復元することはできませんか？　よくご覧になってみてください、その文字を消したところ——ただ消しただけでなく、恵五さんは一度鉛筆で上からわーっと塗りつぶしてから消したみたいで、よくドラマとかで見る、鉛筆を斜めにして塗っていくと白く文字が浮かび上がるみたいな感じにには、いかないみたいで——失敗したらそれで終わりのような気がして、まだ試してないんですけど——どうでしょう？」

3

俺と古谷は交互に顔を近づけて、文字を消した跡をじっくりと観察した。紙を斜《なな》めにして光を透かしてみたりもしたのだが、消した文字が浮かび上がることは無かった。

「方法はあります。赤外線やX線などを照射することで、消したはずの文字が浮かび上がる可能性がありますが、そういった道具は残念ながら持ち歩いてはいないので、今ここですぐにどうこうできるという話にはなりません」

古谷が溜息《ためいき》交《ま》じりにそう告げた後、

「ただ、まだお聞きしていない情報がいろいろとあります。表側をもう一度確認させていただいてもよろしいですか？」

了解を取った上で再度《出生届》《出生証明書》の書き込みを確認し始める。古谷もそうだろうが、俺にとっても今までの人生で縁のなかった書類だ。見ると様々な情報が書かれていた。たとえば父母それぞれの生年月日が記載されている。浦和恵五は《昭和四五年七月一九日（満三〇歳）》で、浦和美奈が《昭和五〇年三月二四日（満二五歳）》とある。これは二〇〇〇年十月当時に記入されたものなので、現在の美奈は三十一歳になっているはずだ。《結婚式を挙げたとき、または同居を始めたとき》は《平成九年五月》とのこと。父母の職業としてそれぞれ《会社員》《主婦》と書かれているのは、二〇〇〇年が国勢調査の年だったかららしい。

右半面の《出生証明書》には産まれた子の情報も書かれている。《生まれたとき》は《平成一二年一〇月一日　午後二時三〇分》で、生まれた《施設の名称》は《池戸市立病院》、体重は《一六〇〇グラム》で身長《三五センチメートル》──かなり少ない数値だと思って確認すると、《妊娠週数》が《満三二週五日》とある。

「早産《そうざん》だったんですね」

俺は思わず口にしていた。夫人はひとつ頷いたあと、

「切迫《せっぱく》早産というやつです。九月の二十七日に緊急入院して、最初は薬で抑えようとしてたんですが、胎児に感染症の疑いがあるので取り上げましょうとお医者様に言われて、最終的に帝王切開で生まれました。日曜日だったので恵五さんも前の日から病院に詰めていて、生まれたばかりの歩美とも面会を果たしています。《出生届》も僕が書くよと言って、お医者様がその日のうちに発行してくださったその《出生証明書》も家に持ち帰りました。翌日にはまた会社があるので、その夜はいったん家に帰ったのです。その後、必要事項を記入して、最後に空欄のまま残った娘の名前も考え始めて、裏面には候補を鉛筆でメモしたりした。そして次の日の朝、通勤の途中で――」

淡々と喋《しゃべ》っていたのがそこで不意に言葉を詰まらせ、顔を伏せた。六年以上の歳月を経ていても、夫を失った悲しみはいまだに彼女を苦しませているのだ。

「これが手元に残っているということは、市役所にはまた別のものを提出されたと？」

用紙を手にしたまま古谷が訊ねると、夫人は「もちろん」といった感じで軽く頷いて、

「病院にお願いして《出生証明書》を再発行していただきました。恵五さんが最後に記入した文字が残っている大切な用紙を――あと娘の名前をどうするか、裏面に候補まで書かれているものを、市役所に提出してしまうわけにはいかなかったもので。いったん提出したら返してもらえないんですってね。あとそこには《届出人》として父親にチェックが入っていますし、恵五さんの名前が書かれてますが、その恵五さんはもう届出できなくなっておりましたので――実際に市役所に提出した書類では、その《届出人》は母親の、私の名前が記入されていました」

話を聞けば聞くほど大変だった当時の状況がわかってくる。古谷はひとつ溜息を吐《つ》いたあと、

「手術によって予定よりふた月も早くお子さんを授かって、直後に旦那さんを亡くされて、お葬式とかもいろいろあって――そういえば、そっちの書類も奥さんがいろいろ書いたりされたのですか？」

「お葬式関係は、業者さんと、恵五さんのご両親がいろいろやってくださったので、それ自体はそんなに負担にはならなかったのですが――あと夫の遺体もたまた

までですが、事故現場から私たち母子と同じ市立病院の霊安室に運ばれてきたので、院内であちこち移動するだけで済んだのも、私が手術後の身体だったことを考えれば、不幸中の幸いだったと言えたかもしれません。とにかくお腹《なか》の縫《ぬ》い痕《あと》はしくしく痛むし、次女は保育器の中で、夫は霊安室の中でといった感じで——あの日からの数日間は、私にとっては別世界の出来事のように感じられていました。頭がおかしくならなかったのが、今から思えば不思議な気さえします」

他人には想像することさえ難しい、特異な体験をしてきた人が目の前にいる。俺は言葉を失ったが、古谷はあえて過酷な質問を発した。

「旦那さんの事故の詳細は？　疑わしい点などは特に無かったですか？」

それを訊くか。俺は思わず目を瞑《つむ》ったが、夫人は淡々と答えを返した。

「車同士の衝突事故が起きて、ぶつかったうちの一台が歩道に乗り上げて——たまたまそこを歩いていた恵五さんが肺と心臓を潰《つぶ》されて即死、彼が咄嗟《とっさ》に庇《かば》った女子高生も大きな怪我《けが》を負ったそうです。死者一名怪我人一名。目撃者も大勢いて、死因には疑問点等はまったくありません」

「そうでしたか。失礼しました」

ミステリ好きの想像力は逞《たくま》しいものがあって、たとえば俺も、産まれた次女の血液型から自分の子ではないとわかった夫が、妻の浮気をそこで初めて知り、絶望した挙句《あげく》、事故に見せかけて自死を選んだのだ――といった筋書きは漠然《ばくぜん》と考えたりしないでもなかった。子供が産まれた直後に父親が事故死を遂《と》げたという話は、ただの偶然、ただの悲運としてはなかなか消化しきれないほどの過酷さがあって、そこに何らかの関連性があったのではないかという疑問を、聞き手に呼び起こさずにはいられない。だがその可能性は妻によって明確に否定された。依頼人の夫、恵五さんは、次女が産まれた次の日に、本当にたまたま、交通事故に遭《あ》って亡くなられたのだ。

改めて嚙《か》みしめよう。亡くなった本人にとっても、そして残された家族にとっても、それがどんなに辛《つら》いことだったか……。

そして、だからこそ恵五さんの最後の想いを知りたいという依頼人の願いは真摯《しんし》であり、俺たちもその願いには絶対に応《こた》えなければならないのだと。

「歩美さんは次女だそうですが、その上のお子さんのお名前は？」

古谷がまた別の切口から質問をした。

「タエと言います。多いに恵みという字を書きます」

「多恵さん。小学、何年生ですか？」

「一年生です」

「歩美さんとは年子ですか。ふむ。ではその、多恵さんのお名前は、旦那さんが決めたものでしょうか？」

するとと夫人は首を左右に振って、

「多恵の名前が決まるまでには、かなりの紆余曲折《うよきよくせつ》がありました。私と恵五さんと、恵五さんの両親と、四人がそれぞれ意見を出し合ったのですが、なかなかまとまらず——といっても対立することは無く、それもいい、あれもいいよねという感じになってしまって——で、多恵というのはたしか、お祖母《ばあ》さんの出した案だったはずです」

夫人の言う《お祖母さん》とは文脈的に、恵五さんの母親のことだと思われた。小さい子供がいる家庭でありがちな「子供たちから見た続柄」が、この家でも普段から使われているのだろう。

「奥さんと旦那さんと、旦那さんのご両親の四人だけですか？　奥さんのご両親は——？」

「私は実家とは縁を切っております。結婚式にもお葬式にも呼びませんでした」

依頼人はそこで不意に、一切の感情を含まない事務的な声で告げた。続けて、

「私にとっては恵五さんのご両親が、今は本当の父母のような存在です。お二人も――この近所に住んでいるのですが、一人息子の恵五さんが亡くなったあとは、私を実の娘のように愛してくれています。孫たちもいますし、頻繁《ひんぱん》に我が家を訪れてくれます。今回の依頼の件も、お二人と相談して決めました。……そう、いいかげん、あの問題に決着をつけていただきたいと」

そこで古谷もようやく話を元に戻すことができた。

「多恵さんのとき、旦那さんはたとえばどういった案を考えておられました？」

「恵五さんはとにかく、当て字のような名前は厭《いや》だと言ってました。漢字を見て誰もが最初に思う読みが正しいような名前を付けたいと」

たしかに《歩美》も《沙織》もぱっと思い付く読みはひと通りしかない。《歩美》に関しては「ふみ」という読みも無くはないだろうが、普通は「あゆみ」のほうを思い浮かべるはずだ。

「こだわりはそれだけでしたか？」

「そうですね。それと関連しているのですけど、昔からあるような名前が無難で良いと――とは言ってもトメとかヨネコとか、そこまで古臭い感じのものではなく、たとえばヒロコとかクミコとか、そういった癖のない名前が結局は良いんだというようなことを言ってました」

「ちなみに他の方々は？　美奈さんはどのようなこだわりが」

「私も正しく読んでもらえる名前が良いという点では恵五さんと一緒で、あと個人的には、漢字一字の名前が好みだったので、愛情の愛とか、藍色の藍とか――別にアイという読みにこだわっていたわけではなく、あと他には恵五さんから一字をいただいて、恵《めぐみ》というのはどうかと提案しました。恵は賛同が多かったんですけど、ケイと読まれるんじゃないかとか、あと二人目が女の子だったらどうするのかという話も出て――そうですよね。長女は父親から一字貰《もら》ったのに、次女は貰ってないでは差がついてしまいます。じゃあ二人目は漢字二字にして、たとえば美しいに恵みで美恵《みえ》にしたらどうかと考えても、長女が漢字一字で恵、次女が漢字二字で美恵というのもバランスが悪い。だったら長女も漢字二字にしておけば、二人目以降が産まれたときも対応できるんじゃないかっていって、恵みが多いという意味も込めて、お祖母さんが多恵という案を出して、最終的にそれで決まったんです」

「そういう経緯があったとしたら、二人目はそれこそ、美恵とか知恵とかが候補に挙がりそうですが」

「四人で話し合っていたら、あるいはそういう結果になっていたかもしれません。

二人目にも《恵》という漢字を入れるべきだと誰かが言い出しそうですものね。でも恵五さんは、そこの案を見る限りでは、そういったことには拘《こだわ》ってなかったみたいです」

三人の視線がまたまた《出生届》の裏面に注がれる。古谷がそこで気づいて、

「あ、でも歩美さんは、美奈さんから漢字一字を貰ってますね」

「そうなんです。それもあって、その二つからだったら《歩美》のほうかなということで、そちらに決めました」

「二択ということならそれでいいだろうと。それでもモヤモヤが残るのは、この消し跡があるからですね？」

古谷が問題の核心を明確化するように話を誘導すると、

「そうです。二択なら歩美でいいんです。でも三択だった場合は？　三つめの候補は何だったの？　それがどうしても気になって気になって、恵五さんの死後六年以上も、ずっと後を引いてしまって——」

問題点は結局そこなのだ。だったら依頼の契約をとっとと結んだ上で、この紙を持ち帰らせてもらって、専門の業者に分析してもらうのがベストの選択のように思うのだが、古谷はまだ腰を上げようとしない。

「何かこう、歩美さんが産まれる前後のエピソードのようなものは、他に何かありませんか？　まだ私たちに話してないような」

するとと夫人は、何かに思い当たった様子で、一瞬ハッとした表情を見せたものの、それは関係ないだろうと思い直したらしく、力なく微笑《ほほえ》むと、

「実は歩美の誕生日は――私の手術日でもあるんですが、本当だったらあと二日早かったはずなんです。そしてそれは、長女の多恵の誕生日でもありました」

4

名前が空欄の《出生証明書》に記された《生まれたとき》は《平成一二年一〇月一日　午後二時三〇分》。その二日前ということは――。

「九月二十九日ですか。奥さんが緊急入院されたのが、たしか九月の二十七日と仰《おっしゃ》ってましたよね。だとすると二十九日は入院の二日後で、タイミングとしてはたしかにそっちのほうが相応《ふさわ》しいような気がします。といっても入院後の経過などをお聞きしていない段階では、正しい判断はできかねますが」

すると夫人は昔を懐かしむように目を閉じて、ゆっくりと語り始めた。

「二十九日は金曜日でした。水曜日に入院して、当日と翌日はいったん薬で抑えようとしたのですけど、検査の結果でそれでは対処できないという話になって、帝王切開で取り上げることに決まったんです。あとは何日に手術をするか、その次の日から三日間のうちでどの日がいいか、私や家族の都合で日にちを選べることになったんです。子供がお腹から出たがっているのを薬で抑えている状態でしたので、普通に考えたらすぐに手術してもらったほうがいい。選べた中でいちばん最短だったのが九月二十九日で、それがちょうど上の子の満一歳の誕生日でした。恵五さんも最初はそれがいいと言っていました。年子の姉妹で誕生日が同じというのはとても珍しいだろうから、姉妹セットで希少価値が生まれると。最初はそう言ってたのに、二時間ほどしたら考えが変わっていて、やっぱりお姉ちゃんと妹の誕生日は違っていたほうがいいんじゃないか、誕生日のお祝いも二人いっぺんに済まされるよりは、それぞれ自分だけの特別な日があったほうがいいんじゃないかって言って。あと子供が小さいときは周囲もただ珍しがって、場合によっては羨ましがってくれるかもしれないけど、二人が小学校の高学年とか、中学生になったりしたときには、インターバルが短すぎて『両親がお盛んだったのね』みたいに言われたり、あるいは二人目の子が早産だったということが周囲にバレるきっかけになるかもしれないし――そういう何でもないことでも、思春期の女の子にとっては、周囲に秘密にしておきたいことになっていたりするかもしれないし、だからもしずらせるならあと二日ずらしたらどうかと」

「あと二日、ですか？　一日ではなく？」

「そうです。上の子と下の子の誕生日が、一日違いになるか二日違いになるかの差があるだけで、そうたいして変わらないじゃないかと思われるかもしれないけれど――と恵五さんは説明をしてくれました。でもそうじゃないんだと。誕生月が九月と十月に分かれるのが大きいんだと。お姉ちゃんが九月生まれで妹が一年後の十月というだけで、それなら普通の年子だと感じる人の割合がぐっと増えるのだと」

「……ああ、そうか。そうですね。旦那さんの考えは良いところを突いています」

古谷は納得した様子だった。夫人が続ける。

「恵五さんのその意見が通って――あと恵五さんが水木と二日続けて半日休暇を取ったばかりで――水曜の午後と木曜の午後ですね、だから金曜日に手術のために全休を取るよりかは、金曜は普通に会社に出て、夜はお祖父ちゃんたちの家で長女の初めての誕生日をお祝いして――平日の間はそうしてやるべきことをやった上で、土日はしっかりお前に付き添いたいんだと言われたものですから――お医者さんも、日曜日の手術は大丈夫ですと仰っていただけたし、じゃあそれでお願いしますという流れになって、十月一日に帝王切開をすることになったんです。……それが何か、この問題とも関連があったりします？」

「いえ、まだ何とも」

古谷はそこで右手を額に当て、何やらぶつぶつと独り言を呟《つぶや》き始めた。

「年子の姉妹が同じ誕生日になるメリットと、逆に同じ誕生日になるデメリットがある。うん。それは最初、同じ誕生日のメリットだけを考えて二十九日に同意したことの裏返し、だったのでしょう。奥さんにとって何日がベストかということを最優先で考えた場合は、二十九日であるべきだった、かもしれない。でも奥さんからすれば、二十九、三十、そして十月一日の三日間のどれでもそう変わらない、旦那さんの都合の良い日を選んでもらいたいということになれば、土日のどちらか——三十日がベストという結論が出ていたかもしれない。でも九月と十月の違いは言葉上、たしかに大きく感じられる。はい。そうやって考えると、旦那さんの出した結論も、特に変だというわけでもないのですが——う一む、でも何かが引っかかるんですよね」

最後の部分は普通の声に出して言った。

「私にはまだ旦那さんの考えをトレースするだけの材料が足りてないようです。奥さん、旦那さんのつけていた日記や手帳の類《たぐい》は、この家に残っていませんか？」

「日記はつけておりませんでしたし、手帳も仕事用のものしか持ち歩いておりませんでした」

「部屋自体は残されていませんか？　この家だったら書斎のようなもの。あるいは近所にあるという旦那さんのご実家に、恵五さんの子供時代の部屋が残されているとか？」

「ええ。いちおうこの家には彼の書斎がありますし、実家のほうにも子供時代の勉強部屋が、ほぼそのまま残されています。ご覧になります？」

「ええ。とりあえずはこの家の中で、書斎というのからぜひ」

茶器はそのまま、三人で応接間を出たところで、少し雑談が許されるような空気になった。

「昨日電話をいただいた際に、ウチの事務所が《謎解き専門》でやっているという話を承知していただいていたようなのですが、それはちなみに、どういった形で情報を得ていらっしゃったのでしょうか」

古谷が訊ねたところ、

「磯貝《いそがい》さん――わかります?」

夫人から思わぬ名前が出たのだった。

「ええ。わかります。磯貝くんは私の中学時代の同級生です」

「磯貝さんのお子さんが、歩美と同じ幼稚園に通ってらっしゃるのです。磯貝さんの奥さんとは、いわゆるママ友という仲でして。先日、お茶をご一緒したときに、そちらの事務所にご依頼をして、亡くなったお義父《とう》様に関する疑問を解決していただいたといって、詳しい話を聞かせていただきました。うちも言ってみれば、亡くなった家族に関する疑問を抱えていたわけですから、同じように解決していただけたらありがたいなと思いまして」

「できる限りのことはさせていただきたいと思っております」

夫人の先導で俺たちは階段を上がって二階の廊下に辿《たど》り着いていた。一階の廊下が玄関から奥に延びていたのに対し、二階の廊下は玄関側から見て左右の方向に延びている。夫人が案内したのは、廊下を右に折れてすぐ右手のドアを入った部屋だった。

一階の応接間と仏間の上にあたる部屋で、十帖ほどの広さがあるはずだった。だがそれを狭く見せている物があった。本棚である。

ている。ドアのある壁に背中を接する形で、六十センチ幅の本棚が四つ横に並べて置かれている。高さは一八〇センチで統一されている。八十センチほどの間を空けて、それとは向かい合わせに同じく六十センチ幅の本棚が四つ並べられていて、要するにそこには本棚に挟まれた、二四〇センチ先で行き止まりになる通路ができていた。さらに本棚の背中同士をくっつけるような形で、同じような通路が二つめ、三つめと作られている。本棚の置かれていないスペースが自然と通廊の役割を果たしていて、書庫コーナーを抜けた先が四帖半ほどの部屋になっていた。デスクとオーディオセット、ベッドとしても使えそうな大型のソファ、スーツがずらっと並んだハンガーラック、そしてガラス戸つきの戸棚には立体パズルなどの小物が陳列《ちんれつ》されている。

部屋はそこに住む人の個性を如実《にょじつ》に反映する。趣味も性格も部屋を見ればだいたいわかる。古谷はそこに目を付けたのだ。人となりを理解した上で、恵五さんがどんなふうに考えて《歩美》《沙織》という二つの候補を選んだのか——そして消されたもうひとつの名前も、そこから浮かび上がってくればいいのだが……。

「手袋をしたほうが良いでしょうか?」

古谷が夫人に向かって訊ねた。いや俺は持ってないぞ。お前は持っているのか?

ただのハッタリか？
「いえ、そこまではさすがに……。ただ、物の配置等はなるべくそのまま、動かさないでいただければ」

夫人が微苦笑を浮かべながら言った。

5

古谷は最初、書庫コーナーとどちらを先に調べようか迷ったそぶりを見せたが、結局奥のスペースから調べることに決めたようだった。俺も本棚を見に行きたい気持ちを抑えて、古谷に従う。

塵《ちり》や埃《ほこり》が積もっていないのは、夫人が折にふれて掃除をしているからだろうが、物の配置をなるべくそのままでとお願いされたということは、この状態が、部屋の主が亡くなったときのままなのだろう。デスクの上にはノートパソコンが一台、ディスプレイを開けた状態で置かれていた。モニターが真っ暗なのは省電力状態ではなく、電源が落とされているらしい。付箋《ふせん》の束《たば》とシャープペン。四×四のルービックキューブがついさっきまで誰かが使っていたような感じで置かれていた。上を向いた青の面だけが揃《そろ》っていて、下半分は完全にバラバラである。

古谷はデスクの上をざっと眺めたあと、抽斗《ひきだし》の中を検《あらた》め始めた。抽斗を開けるときには夫人の注意を踏《ふ》まえ、中のものが動かないように、できる限りそっと引き出すように努めていた。

デスク周りからは特にめぼしいものは見つからなかったらしい。最後に、

「コンピューターは起動しても、大丈夫ですか？」

と夫人に向かって訊ねた。もしＯＫが出たら調べるのは当然俺の役目になっていただろうが、夫人はしばらく迷っている様子を見せた後、

「電源を落とす前に、私自身がいちおう中身を調べました。日記や私生活に関する文章のようなものは特に見当たりませんでしたし、仕事を持ち帰ったときの内容が残っていたりして、そちらの守秘義務というのでしょうか、そういったことも考えますと、できればそのままにしておいていただけたらと……」

「承知しました」

もし了解が得られていたら実務を担当していたであろう俺としても、うっかりファイルを削除してしまったといった、致命的なミスを犯す可能性もゼロではなかっただけに、調査を拒否されてもガッカリというよりは安堵《あんど》の気持ちのほうが大きか

った。

続いて古谷はハンガーラックのスーツのポケットを調べ、戸棚のガラス戸を開けて中の小物をひとつひとつ眺めて回ったが、特に収穫は無かったようである。

「では、本棚を見せていただきますか」

奴が書庫コーナーを後回しにしたのには理由がある。本棚自体は通路三つ半（通路ひとつにつき本棚が八つ、それが三つと、最後の通路の右側の本棚と背中合わせに置かれたぶんが半分の勘定で、六十センチ幅の本棚が合計二十八個）あるのだが、実際に本が収まっているのが最初の通路の左側だけ、しかもまだ四つめの本棚は半分しか埋まっていない状態だったのである。全体の約八分の一しか使われていないのだ。

「これだけ空の本棚が並んでいるのは、ある意味羨ましいな」

俺が古谷に小声で感想を伝えたところ、

「これらの本棚がすべて埋まるまで、長く生きるつもりだったんでしょうね」

そう言われると先ほどの自分の感想が不謹慎《ふきんしん》に思えてくる。

並んでいる本には大きく二つの種類があった。ひとつは実用書である。『会計入門』『勘定科目まるわかり』『データベース構築のＡＢＣ』『構造化プログラミング基礎と応用』といったタイトルが並んでいて、夫人によれば恵五さんの仕事は、会計ソフトの開発と保守というものだったらしい。

そういった実用書が本棚のあちこちにバラバラに収められていた。判型も文庫と新書、四六判がごちゃ混ぜにされている。立体パズルの戸棚が整理されていたのと比べて、この本棚の雑然とした状態はどうしたものか——古谷が夫人に訊ねたところ、

「買った順に入れていったんです。それがいちばん、どの本がどこにあるか憶《おぼ》えられるからって。本が増えるたびに整理分類していくと、そのたびに本が動かされて、結果、目当ての本がどこにあるかわからなくなるのだとか」

「そうですね。それもひとつの卓見《たっけん》だと思います」

そんなふうに応じながらも、古谷は本のタイトルを眺めるのに夢中の様子だった。

バラバラに収められているので概算でしかないが、実用書は全体の二割ぐらいを占めていただろうか。それ以外は娯楽《ごらく》小説がほとんどで、あとは新書の類がちらほらと混じっている感じである。娯楽小説はジャンル的にはSFが多くて、文学寄りのものや広義のミステリに入るものなどもそこそこあったが、それらはSFの周辺

書ということで選ばれているようだった。国内・海外の比率は半々で、判型は文庫が七割、四六判が三割といったところか。

「ああ良かった。『エンディミオンの覚醒《かくせい》』があった。『エンディミオン』だけあって『覚醒』が無かったらどうしようかと思いました」

「恵五さんは買った本を全部読んでいたわけではないので、読んでない可能性もあります。奥付のページを見ていただければ読んだかどうかわかります。読了日が鉛筆で書き込んでありますので」

夫人の言葉を聞いた古谷は、俺の顔をじっと見つめた。「本に書き込みをするなんて」と言いたいのだろう。だが何も言わずに『エンディミオンの覚醒』を本棚から引き出して、奥付ページを確認した。

「ああ、書き込みがありました。……ちなみにこの、ケー・ファイブというのは何でしょう？」

俺は俺ですぐ近くの本棚から『ターミナル・エクスペリメント』という文庫本を抜き出したところだった。その奥付ページにも《1997.6.12　K5》という書き込みがあった。

「そのまま《ケーゴ》です。恵五さんが使っていたサインのようなものです」

「ああ、そうですか。ふんふん。……ああっ、ハヤカワのJコレクションはまだ出てなかったんですね、二〇〇〇年の段階では」

通路の奥、本の収納がそこで途切れているところまでざっと見終わった古谷が、辛そうな声を上げた。

恵五さんが亡くなってから六年以上が経つが、その間にも新しい本が次々と出版されている。もしこの部屋の主がまだ生きていたら、必ず蔵書に追加されていたであろうタイトルも、その中には含まれている。

未来の本は買えないし読めない。逆に言えば、いま自分が新刊本を読めているということは、いま自分が生きているということでもある。

「ひとつ気が付いたことがあります」

古谷が本棚に挟まれた狭い通路から出てきて（本棚のない通廊部分も同じように狭いのだが）、夫人に向かって一冊の文庫本を掲げて見せた。隣にいる俺は背表紙のタイトル・著者名を確認した。

『プラトニックラブチャイルド』久美《くみ》沙織。コバルト文庫。――久美沙織？

「お子さんの名前の候補のひとつ、二択で選ばれなかったほうの《沙織》がどこから来たのか――バレーボールの木村沙織さんは二〇〇〇年の段階ではまだ有名にはなっていませんでしたよね？　あとは歌手の南沙織さんとか。そこまでは考えたのですが、久美沙織さんはうっかり失念していました。これは一九八二年の本ですから、古本で買ったのでしょう。なのに奥付には読了のサインがない。読みたくて買ったというよりは、この作家の本を過去に遡《さかのぼ》って集めたいと思ったのではないでしょうか。そういう拘りが恵五さんにあったのであれば、お子さんの名前に久美沙織さんの名前を付けようとした可能性もあるのではないかと」

「ええ。その可能性は私も考えました。というか、久美沙織に対して特別な思い入れがあるのは、恵五さんではなく私なのです」

「あ、ということは、これは奥さんの本？」

「いえ、そういうわけでもなくて――」

夫人はひとつ溜息を吐くと語り始めた。

「中高生のとき、私はとにかく家にいたくなくて、特に週末の土曜日曜に関しては、閉館時間になって追い出されるまで、隣町の町営図書館にいました。追い出されるときには必ず貸出限度いっぱいの本を借りて帰ってきて、家ではその本をずっと読んでいました。図書館ではコバルト文庫やX文庫などを中心に読んでいたのですが、借りるときには厚い本や難しそうな本を選んで借りていました。次の週末まで持たせるためです。現実逃避が目的だったのに、本を読み続けていたらどんどん成績が上がってきて、このまま成績が上がれば家を出る武器になる、絶対に家を出てやると思って勉強にも力を注ぎました。もちろん週末の図書館通いも続けます。そういう中で、久美沙織は自然と読んでいましたし、少女小説以外も書いていると知って読んだのがSFで、そこからSFというジャンルにも興味を持つようになりました。成績は学年でトップクラスになりましたが、とても大学に進学できるような経済状況ではなく、進学は諦めていたのですが、受験代を当時の担任の先生が出してくれることになり、進学には反対していた父が二度目の逮捕で実刑判決を受けて家からいなくなったので、この隙《すき》にと国立大学を受験して、合格したあとは独り暮らしの費用も授業料も、必死でバイトして自分で稼《かせ》ぎました。生きていくだけで必死だったのですが、授業を受けなかったら本末転倒ですし――いえ、家から出るのが最大の目標だったのですから、勉強は二の次という考え方もできたのですが、せっかく受かった以上は大学卒業の資格も生きていく上では絶対に欲しかったですし、だから授業は授業でちゃんと受けた上で、空き時間にバイトをして学費と生活費を稼ぐ――それが十代のころは出来ていたんです。サークル活動はさすがに時間が取れないと思っていたのですが、SF研究会というのがあることを知って、どれだけ参加できるかはわからなかったのですが、とりあえず籍を入れることにしました。そのサークルのOBに、恵五さんがいたのです」

俺は応接間で見た《出生届》の《結婚したとき》欄の記載を憶えていた。《平成九年五月》は、昭和五十年の早生まれ（昭和四十九年度生まれ）の美奈が四年制の大学を卒業した直後にあたる。

「私は恵五さんと結婚するまで、たくさんの本を読んできましたが、そのすべてが図書館の本で、自分の手元には友達からプレゼントされたとか、そういったごくわずかの本しか無くて、恵五さんの蔵書が羨ましいってあるとき口にしたら、じゃあ美奈の読んできた本を買い集めてあげるって言ってくれて、私が久美沙織は全部読んでいるってことは前に聞いていたから、それで久美沙織の本を古本屋で見かけたら買うようになったんです」

未来の本は買えないが、過去の本はお金さえあれば買うことができる。そして浦和恵五の実家は――まだ大学を出て四年の若者が自力でこの家を建てられたとは思えないので――かなりの資産家なのだろう。恵五が生きてさえいれば、この本棚にはもっと久美沙織の本が増えていただろう。

「ですから《沙織》という名前が久美沙織から採られたという説は、一理あるとは思うのですが――だとしたらもうひとつの候補、《歩美》は、どこから来たのでしょう?」

俺はそこで「――北川歩実?」と思い付いたことをそのまま口にしてしまったが、古谷が苦笑して、

「アユミの字が違います。もし字が合っていたとしても、北川歩実を久美沙織と並べるというのも、ちょっと違うと思います。……たしかに、久美沙織説の弱点はそこですね。《歩美》の出所がどこか、そちらもピタッと嵌《は》まればいいんですけど」

俺は依頼人の前では助手らしい働きを見せようと思い、用のなくなった『プラトニックラブチャイルド』を古谷から受け取って、元の棚へと戻す役を自ら買って出た。文庫本一冊ぶんの隙間に本を入れる。左隣は柄刀一《つかとうはじめ》の『3000年の密室』だった。

「柄刀一とかもあるんですね」

俺が何気なく口にすると、古谷が応じて、

「タイトルの《3000年》が、琴線《きんせん》に触れたのでしょうか。それだけSFっぽいですし」

すると夫人も会話に加わってきた。

「そうなんです。恵五さんがSFに魅力を感じていたのは、そういうスケールの大きさが感じられる部分だと本人が言ってました。宇宙とか深海とか、なかなか人が行けない場所に連れて行ってくれたり、あとはやっぱり千年、二千年というスケールは個人では生きられない。逆に千年後を舞台にしてると言いつつ、結局は異世界を舞台にしているのと何ら変わりのない小説は、時間のスケールを無駄《むだ》に使っているって非難したりしてました。千年だったら千年という時間の流れが、物語に絡《から》んできて初めて、時間の雄大さが感じられる。自分が悩んでいることも、宇宙の雄大さに比べれば、ちっぽけな問題でしかないと思える。そんな力がSFにはあるんだと、いつも胸を張って言ってました」

「旦那さんがお亡くなりになったのが、ちょうどミレニアム――千年に一度の、西暦の下三桁《けた》にゼロが並ぶ年だったというのも、多少の慰めにはなるのでしょうか。……もちろん奥さんにとっては、そんな数字よりも、もっともっと長く生きていてほしかったというのが実際のところでしょうけど。いや、はい。すみません。私はご相談いただいた謎解きに専念したいと思います」

益体《やくたい》の無いことを言い出したかと思うと慌ててフォローする。しかもそこで駄洒《だじゃ》落《れ》を入れるか。俺が呆《あき》れて思わず出そうになった溜息をぐっと飲み込んだ瞬間、古谷がハッと顔を上げた。

「いや、もしかしたら……いま、閃《ひらめ》いたかもしれません。ちょっと待ってください。書くもの書くもの」

デスクに向かって行ったので、俺は力ずくで奴の腕を引っ張った。

「この部屋のものを使っちゃ駄目だってば」

うっかりタメ口が出てしまった。奴もそこでハッと気が付いた様子で、

「すみませんでした。……もうこの部屋で調べるべきことは全部調べました。一階に戻りましょう」

応接間に戻ると、鞄《かばん》から契約書と筆箱を取り出した。ようやく契約の話をするのかと思いきや、用紙を裏返してそこにシャープペンで何かを書き付けると、それを向かいに座る夫人へと手渡した。

「消されたのは、おそらくこの名前だったと思います」

「そんな、まさか。あり得ません」

夫人は鼻で嗤《わら》い飛ばした。古谷を信じた自分が馬鹿だったという感じに。

俺も今回に限っては古谷の出した解答が正しいとは信じられなかった。

奴は紙に《妙子》と書いたのだ。

6

「そうです。長女が多恵さんで、次女が妙子《たえこ》さんでは音が似すぎていて、たとえば二人の子を親が呼び分けるのにも苦労しそうです。だからこれは無い。いったん書いたもののすぐに消しました」

「どうしてそんなことがわかる？　だったらどんな名前でもいいじゃん」

俺はまたしてもタメ口を利《き》いてしまった。いかんいかん。

古谷は《出生届》の裏面をローテーブルの上に広げ、さらに一部を重ねるように《妙子》と書かれた契約書の裏面を上にして置いて、三つの名前が見えるようにした。

「この三つの名前の共通点は何でしょう？」

妙子、歩美、沙織。すぐに夫人が答えた。

「少ないという字でしょうか？」

「そうです。旦那さんは次女の名前を考える際に、少ないという漢字をどこかに入れたかったのです。小さいだったらそのままの形で、小百合《さゆり》とか小夜子《さよこ》とかがありますが、少ないという漢字がそのまま使われる名前は、なかなかパッとは思い付かないですからね。漢字の一部に使われているという条件を付け加えて、最初に出てきたのがこの《妙》という字だったのです。まずは《妙子》が思い浮かんだ。しばらくして歩くという字の下半分にも使われているじゃないかと気が付いて、この《歩美》を書き足した。最後にこの沙という字が――同時に糸偏の紗という字も思い浮かんだかもしれませんが、それらを代表して《沙織》を候補に加えたと。……そんなところじゃないですかね」

「それは、多恵さんの多いという字と対になるものとして？」

俺が訊ねると、古谷はうんうんと深く頷いた。

「私が早産で生んだ子が小さかったので、小さいという字を入れようとして、さらに多恵とペアになることを考え合わせて、小さいから少ないという字に変えたのでしょうか？」

「赤ちゃんの見た目とは関係ないと思います。大事なのは誕生日です。入院二日目に、旦那さんは奥さんから手術を二十九日にしたいと相談されて、一度は乗り気になっていました。そうですよね？　年子で同じ誕生日の姉妹は珍しいからって。そのときに頭の中で、二つの数列を思い浮かべたのだと思います」

そう言いながら、古谷は契約書の裏面にさらに何かを書き足した。

１９９９０９２９

２００００９２９

「この二つの数字を見てください。姉妹が同じ誕生日になった場合の生年月日の八桁《けた》表記です。二〇〇〇のほうが一九九九よりも大きな数字のはずですが、何か数字が減ったような気がしませんか。違いは西暦の部分だけです。四桁の数字というよりも、一桁ずつバラバラにして、四つの数字として見た場合に、一九九九は合計すると二十八ですが、二〇〇〇は二足す〇足す〇足す〇で二です。二十六も数字が減っているのです。いや、そんなことより大事なのが上の数字です。この１９９９０９２９という数字の並びは、いま生きている人類の生年月日の中で、こんなふうに八桁表記をした上で、その八つの数字をバラバラにして合計したときに最大になる、唯一の日なのです。一足す九足す九足す九足す〇足す九足す二足す九は、四十八です。この四十八は最大値ですし、合計が四十八になる生年月日はこの１９９９０９２９というただ一日だけしかないのです。つまりこの生年月日に生まれた人は

――その日に生まれた人だけが、いま生きている人類で最大の数字を持っている、特別な存在なのです。この最大値は約千年後まで破られることはありません。二九九八年にようやく同じ四十八が現れて、翌年、二九九九年の九月二十九日に、新記録の四十九が登場します。そんなはるか未来の先まで、更新されることも追い付かれることもない、すごい記録なんです。でもそのことに、浦和家の誰も気づいていらっしゃらなかった。二人目が同じ日に生まれるかもしれないというその直前になって、ようやく恵五さんが気づかれた。長女は人類最大の合計値を持って生まれてきた。次女は一年違いでえらく数字が減ってしまう。いや待て。あと二日産まれるのが遅れたら。十月一日生まれになったらどうか。２０００１０１は数字の合計が四で、これは最小値になる。残念ながら最大値の場合とは違って、該当するのが四日ありますが――二〇〇〇年の一月一日、一月十日、十月一日、十月十日の四日ですね。この四日のうちのどれかに生まれた子は、その四日だけ限定で、いま生きている人類最小の合計値になります。いま日本で一年間に生まれる子供がおよそで百万人ですか。百万人は超えているはずです。概算なので一割か二割ぐらいの誤差は許してもらうとして、三百六十五で割れば……一日あたりの出生数は、およそ三千人といったところですか。多恵さんと同じ生年月日の人は、日本人だけでもおよそ三千人ほどいることになりますが、一億二千万人分の三千人ですよ。さらに妹がそれと対になるような特別な日に生まれたという組合せは、まず間違いなく他にいないでしょう。一人目が一九九九年の九月末に生まれたとしたら、二人目は二〇〇〇年の一月というのはあり得ないですから。二〇〇〇年十月の一日か十日か、そのどちらかに限られますし、十月だとしても出産から次の妊娠まで、普通に計算したら二ヵ月しかインターバルが無いですからね。浦和家でも早産というイレギュラーな要素が加わって初めて成立していますから。奇跡のようなものです。それが可能だと、旦那さんは気づいた。それが十月一日を推《お》した、本当の理由だったはずです。でもそれを正直に言えば不謹慎だと思われそうです。だから別の理由を作って奥さんや両親を説得した。そこで名前です」

古谷はいったん口を噤《つぐ》んで、紅茶のカップを手にしたが、すでに中身は空になっていた。仕方なく自分の唾《つば》をごくんと飲み込んでから、

「人類最大値を持って生まれた長女に、たまたまですが、多いという漢字を含んだ多恵という名前を付けていた。だとしたら人類最小値を持って生まれた次女には、少ないという漢字を含んだ名前を付けたくなるじゃないですか。最大値と最小値の姉妹は――性別は兄弟でも何でも構いませんが、とにかく最大値と最小値のペア

は、おそらく国内では他にいないと思います。世界に目を広げても——日本の人口のおよそ六十倍で計算しましょうか、六十倍の人間を相手にしても、他に数組いるかいないか——もしかしたら世界で一組だけのペアかもしれません。その姉妹には、そういう特別な名前を付けるべきでしょう」

古谷はまるで自分の意見のように熱弁していたが、ハタと気づいたようで、

「……と、旦那さんは思われたのだと思います。どうですか？」

「たぶん——いえ絶対、そうだと思います。恵五さんの考えそうなことです」

六年越しの謎が解明されて、夫人は今までにない穏やかな表情を見せていた。

「それに……今まで以上に、二人の子供が——恵五さんのことも、とても誇らしく思えてきました」

言い終わるのと同時に、夫人の両目からは涙が溢《あふ》れ出していた。激しく泣きじゃくりながら、

「本当に……本当に、ありがとうございます」

と口にした依頼人は、同時に心から嬉しそうな顔で笑っていた。

File 18
「真紅のブラインド」

1

わが《カラット探偵事務所》が入居しているのは、所長の実家が所有する《古谷《ふるや》第一ビル》である。道路を挟んで斜向《はす》かいには月極《つきぎめ》駐車場があり、事務所は一台分を契約している。依頼人が車で来るときには空《あ》けるのだが、そうでない場合には（こちらのほうが圧倒的に多い）俺が通勤に使っている車を置かせてもらっている。

二〇〇七年二月六日。火曜日の午前十一時五十一分。

先月より勤務開始の時刻が午前九時から正午へと変更になり、朝の厳しい寒さから解放された俺の出勤は、快適なドライブと化していた。ありがたいことである。カーステレオの液晶画面に表示されている時計にチラッと視線をやり、今日も遅刻することなく無事に着いたと安堵《あんど》しながら駐車場へとハンドルを切った、その瞬間――目の前に人影が現れたので、俺は慌ててブレーキを踏んだ。

三つ揃《そろ》いのスーツを着たその男こそ、所長の古谷謙三《けんぞう》だった。俺が助手席のウィンドウを下ろすと、

「おはようございます。井上《いのうえ》さん、とりあえず乗せていただけますか」

古谷がそう言って急《せ》かしたのは、外が寒いからではない。昨日今日と四月上旬並みの暖かさが続いていた。

「おっと、依頼か？」

「そうです。さっそく行きましょう。場所は――ええっと、神南町《かんなみちょう》の《細江《ほそえ》ジム》というボクシングジムです」

助手席に乗り込んできた古谷は、メモを確認しつつ行先を告げる。

「神南町ってことは神南団地のあたりか。オッケー。じゃあ行こう」

古谷がシートベルトを締《し》めたのを確認してから、俺は車をバックさせて道路に出た。開いたままの助手席の窓から気持ちの良い風が入ってくる。俺も運転席側の窓を開け、エアコンを切った。

「先方がなるべく早く来てほしいと仰《おっしゃ》っていたので、駐車場で待つことにしましたが、一分も待つことなく井上さんがいらっしゃって、最高のタイミングでした」

「依頼の内容は？」

「それがですね」と言ったところで、しばらく勿体《もったい》をつけるような間があってから、続きを口にした。

「最近は女性もボクシングをするようになっていて、《細江ジム》にも女性会員が何人かいらっしゃるそうです。だからロッカールームも男女別々になっていて、その女性のほうの、まあ、更衣室ですね。女子更衣室のほうに、建物の構造的に窓がひとつあって、普段はブラインドで目隠しをしているんですけど、そのブラインドが、中が見えるように、羽根が回されていたそうなんです。わかります？　ブラインド自体は下ろされたままなんですけど、羽根の角度が変えられるようになっていて、普段は羽根同士が重なり合って中が見えないようになってるんですけど、その羽根の角度が変えられていて、すべての羽根と羽根との隙間《すきま》から中が見えるようになっていたんです」

「わかるわかる。それで？」

「覗《のぞ》きということであれば、軽犯罪法違反で警察沙汰《ざた》にもできますが、窓自体は内側からクレセント錠《じょう》が掛かっていて、外からブラインドを操作できたとは思えない。つまり――」

「内部犯の可能性が疑われるってことか。だから警察は呼ばずに、探偵に捜査を依頼したいと」

警察の代わりに私立探偵が呼ばれる。まさに古谷が夢見ていたシチュエーションではないか。ただしその事件が「女子更衣室の覗き」だというのが、いささかアレではあったが。

「おまけにですねえ」と言ってから、古谷はさらに勿体をつける。こっちは運転しながら聞いてやっているんだ。俺の興味をかき立てすぎると事故を起こすかもしれないから、まだ何かあるなら普通に発表してほしいぞ。

「更衣室の中には窓の大半を塞《ふさ》ぐようにロッカーが置かれていて、ブラインドがそうやって開けられていても、外から見えるのはロッカーの背面が大半で、残りの部分にも応急の目隠しがされていて、いまは実害が出ないようにしてあるそうです。そこまでして現場を保存しておかなくてもいいのに、素直にブラインドを閉じればいいのにと思うでしょう。ところが、ロッカーが窓の大半を塞いでいるということは、ブラインドがロッカーの裏に位置しているということで、羽根の開閉をする棒があるそうなんですが、その棒もロッカーの裏側に位置していて、結局ロッカーをどうにかしないかぎり手が届かないそうなんです。だからブラインドはそのままにせざるを得ず、応急措置として、ロッカーで塞がれていない部分の窓ガラスを布で覆《おお》い隠したと。簡単には閉じられないということは、そもそも簡単には開けられなかったということで、実際、ここ数年間はそのブラインドはずっと閉じたままだったそうです。じゃあそれをどうやって――普通では手が届かないはずの棒を操作して、ブラインドの隙間を開けたのか。ハウダニットです。あと誰が何の目的でやったのか。フーダニット、ホワイダニットです。更衣室の利用者である女性がもし内側から開けたのだとしたら、その目的は『覗き』ではなくなりますからね。フー、ハウ、ホワイの三拍子が揃った謎です。というわけで、依頼内容を聞いた途端にこれは受けるしかないと思ったんですが——それはともかくとして、ロッカーを動かせばブラインドも閉じれるんですけど、それだと現場をいじることになってしまうので、今は応急措置のまま現場を保存してある。いま現在もジムには女性会員が二、三人来ていて、彼女たちには迷惑をかけている。ブラインドを早く閉じたいので、一刻も早く現場に来てほしいということでした」

「結局、覗きじゃないんだな？」

事務所の事件簿に《女子更衣室覗き見事件》が加わることに関して、いささか抵抗を覚えていた俺は、やや安堵しつつそう言ったのだが、

「外から覗くためではなさそうですが、逆に中から外を覗き見るためだったとか——」

「いや、だとしたら……フラップ全体を動かす必要はないだろう。石原裕次郎《いしはらゆうじろう》みたいに一ヵ所だけカシャンと隙間を開けて、そこから見ればいい」

ブラインドのあれは《羽根》じゃなくて、ちゃんとした名称があったはず。うろ覚えのまま咄嗟《とっさ》に口をついて出た単語を使ってみたものの、古谷からすかさず疑問の声が上がる。

「フラップって言うんですか？　あの羽根のこと」

「違ったかな？　たしかそんな語感で――いや、……スリット？」

「スリット？　だとしたらスリットとスリットの隙間とかって、ややこしくないですか？」

「ああ違う。スラットだ」

俺は正しい用語を思い出すことができてスッキリした気分になったが、古谷はピンと来てない様子。博覧強記《はくらんきょうき》の奴が知らないことを、俺が知っている場合もたまにはあるのだ。

「へえ。まあたしかに、スラッとしていますからね」

古谷がくだらないことを言う。俺が運転に集中していると、

「あれってメジャーの――こういう、巻尺《まきじゃく》のメジャーですね、アレの測る部分が金属製のやつと、素材とか形状とかがほぼ一緒じゃないですか。わかります？」

どうでもいい話をなおも続けるのだった。まあ言いたいことはわかる。

「うん。それで?」

「あのメジャーのスラッとした部分、上に向けて一メートルぐらい出すと、重みで途中がくにゃっと曲がってしまいますが、欲張らずに七、八十センチほど出した状態にしておくと、曲がる方向に重みをかけないように気をつけていさえすれば、意外と立ったまんまでキープできるんです。それをスター・ウォーズのライトセーバーに見立てて、ブーン、ブーンと言いながらゆっくりと左右に振って――ちょっと曲がりそうになりつつもプルプル踏ん張っている感触が、何となくセーバーっぽいですし、最後にボタンを押すと一瞬でシャッと消えるのが、特にそれっぽいなと思って、子供のころはあれでスター・ウォーズごっこをして一人で遊んでました。わかります?」

「わからない」

すでにブラインドの話でさえなくなっている。まあ、小学校低学年ぐらいの古谷が、メジャーで一人遊びをしている姿を想像して、ちょっと「ふふっ」となったので、それはそれで良しとしよう。

2

間宮《まみや》の交差点を過ぎると、左右を流れる住宅街の中に、工場やオフィスビルなどがちらほらと増えてくる。江戸時代にはこのあたりが倉津宿《くらつしゅく》の中心地だったらしく、立ち並ぶ家具工場や木工場の中には、江戸期にルーツを持つものもあるという。

そしてほどなく、当座の目印としていた神南団地に到着した。俺は車を左に寄せて停車させる。ちょうどお昼時ということで、歩道には出歩く人の姿もそこそこあった。ボクシングジムというのはなかなか珍しい存在だから、聞けば場所を知っている人もいるだろう。そう思っていると、

「井上さん、携帯電話を貸していただけませんか」

どうやら番号もメモしてきたらしい。俺がバッグの中からケータイを取り出して渡すと、俺に頼ることなく、自分で番号を押して機械を耳にあてた。

「あ、もしもし、カラット探偵事務所の古谷と申します。あ、細江さんですか。どうもどうも」

無事に通じたらしい。

「えーっと、今、神南団地の敷地内にいます。《W－2》と書かれた棟《とう》が左に見えます」

Aから順に始まっていると勘違いした人は、どれだけ巨大な団地だと思うかもしれない。神南団地の棟番号はEとWに分かれていて、Eが十棟、Wが八棟で構成されている。東西二つのブロックに挟《はさ》まれた二百メートルほどの道路は、交通量の少なさに反して片側二車線と幅が広く取られており、駐車禁止の標識も出ていないので、昔は団地の住人がセカンドカーを定常的に路駐させたりしていたそうだが、自治会によって禁止令が出たあとは、団地への訪問客が駐停車スペースとして使えるようになり、本日の俺のように、簡単に車を停めることができるようになっていた。ちなみに公道であり、正確に言えば団地の敷地外であったが、古谷の言い方でも相手に伝わるだろうと思ったので、あえて訂正させようとはしなかった。

「はい。はい。わかりました。では後ほど」

通話を終えた古谷は、ちゃんと通話終了のボタンを押してから機械を俺に返却してきた。とりあえず俺のケータイからならば、一人で通話ができるまで成長したようである。固定電話に掛けるに際しては、ちゃんと市外局番から押すことも憶《おぼ》えただろうし、通話の際にもケータイは耳にあてたまま、喋《しゃべ》るときに口元に近づけなくてもちゃんと自分の声を拾ってくれるということも、この一年で学習したようである。

「ここからだと、まずはUターンしてさっきの大きな交差点を右折、二つ目の信号で今度は左折して、五十メートルほど行ったところだそうです」

「了解」

道幅的に俺の軽自動車なら余裕でUターンできそうだったが、俺は奥のロータリーをぐるっと回って戻ることにして車を直進させた。団地に挟まれたこの道の終点は、バス路線の終点でもあり、バスがUターンできるようにロータリーが造られているのだ。

「おお、こんなところにラウンドアバウトが」

古谷が感嘆《かんたん》の声を発した。そうなのだ。わが倉津市にもラウンドアバウト（のようなもの）があると、新聞記者時代に取材に来たことがあり、俺はその存在を知っていたが、古谷がもし知らなかったら感心するだろうと思って、わざとここまで来てぐるっと回ることを選んだのである。

「ああ、そうか。バスのロータリーだったのが、この先の高台が宅地造成されるときに三方向に道が延伸《えんしん》して、それでこんな形になったのか」

なぜこんな場所にこんな珍しい形の交差点があるのかと疑問に思い、俺が関係者にいろいろ取材してようやく調べ上げた造成時の経緯を、奴は推理だけで当てやがった。《謎解き専門》を謳《うた》っているわが事務所の、要《かなめ》と言うべき《謎解き》実務を担当する古谷所長の推理力が優れているのは、もちろん歓迎すべきことなのだが、何だか面白くない気がしたのも事実である。

さて、所長の指示に従って交差点を右折し、二つ目の信号で左折すると、すぐに《ボクシング　細江ジム》という赤を基調とした看板が、右手前方に見えてきた。この路地に入って最初の交差点の角地を占めている。二つの道路に面したL字型の部分が駐車場に割り当てられているようで、十台ぶんほどのスペースがあり、今は半分以上が空いていた。

看板が見えたのとほぼ同時に、いかにも「ボクシングジムがここにあります」という音も聞こえてきた。建物の窓が閉められているため音自体はそんなに大きく響いてはいないのだが、パパパ、パパパ、パパパと小気味よい連続音はパンチングボールの、ドンドン、ドンと重さを感じるのはサンドバッグの音だとすぐにわかる。

L字の角の部分に看板のポールが立てられていて、その下に、緑と赤の派手な柄のジャージを着た中年男がひとり立っていた。右のウィンカーを出すと、男は運転席の俺に目をやり、ついで助手席の古谷を見て笑顔を見せた。それを受け、開いた窓越しに古谷が男に声を掛ける。

「どうも。《カラット探偵事務所》の古谷です。細江さんですか?」

「細江です。あ、車はどこでも、空いているところに停めてもらっていいさー」

謎の語尾（どこかの方言だろうか）が印象的な男は、おそらく四十代の後半で、笑い皺《じわ》がくっきり刻《きざ》まれた濃いめの顔からは、人の良さがうかがわれる。身長は一七〇センチ、体重は六十キロといったところか。筋肉質のよく締まった体型は、ジャージを着ていてもわかるほどである。

車を停めると古谷がすぐに降りて、細江に改めて挨拶《あいさつ》をし始める。俺も一歩遅れて所長の斜め後ろに立った。

「お電話でお話を伺った古谷です。こちらが助手の井上です」

「ジムの経営者の細江孝之《たかゆき》と言います。こちら、名刺でさー」

戸外でまずは名刺交換とあいなった。それが済むと、細江は気ぜわしい様子で、

「さっそく、見てもらいたいのさー。うん。最初は外からにするさー。こっちに来てちょ」

そう言うと、俺たちを右手に案内する。

敷地面積は四〇〇平米ほどあるだろうか。道路沿いのL字型の駐車場がその半分以上を占め、ジムの入った建物は入口正面から見て横幅が十五メートル、奥行きが十二メートルほどあった。二階建てであり、一階部分の十二メートル四方がジムとして使われていて、一階の残りの部分と二階全体が、住居として使われているようであった。住居部分の玄関は建物正面の左手にあり、一方で建物右手の側面には、二階に上がるための鉄製の外階段がついている。

細江が俺たちを案内したのは、その外階段の裏にあたる建物右手の一角だった。

地面から一六〇センチほどの高さに、縦八十センチ横幅一六〇センチのサッシ窓が設けられている。ほぼ正方形の二枚の窓ガラスには、それぞれ直接《細江》《ジム》、《ボクシング》《フィットネス》という白い文字が、上下二段に分けて書かれている。本来ならばその白文字が、赤を背景にして映えるのであろう。窓の内側には真っ赤なブラインドが下がっていて、今はただ残念なことに、スラットがほぼ地面と平行に開いているので、背景が赤一色ではなく、文字のすぐ背後には細い赤の縞模様が——その奥にはクリーム色のロッカーの背面と、あとはベージュのバスタオルか何かが見えていて——要するにガラス窓の内側がごちゃごちゃしているのだった。

スラットが開いた赤いブラインドの縞模様のすぐ向こう側、外から見て左の窓枠から三センチほどの位置に、問題の「スラットを操作する棒」がぶら下がっているのが見えている。棒自体の長さは五十センチほどしかないので、窓の下枠まではぜんぜん届いていない。

改めて説明すると、窓ガラスのすぐ向こうに窓と同じ一六〇センチ幅のブラインドが下りていて、そのすぐ向こうの左寄りにスラットを操作する棒、そしてロッカーの背面という順番で手前から奥に向かって並んでいる。ガラス面からロッカーの背面までの奥行は五センチあるかどうか。ロッカーは横幅が一二〇センチあり、窓の向かって左側を完全に塞いでいる。いまはバスタオルで覆われている「ロッカーで塞がれていない四十センチ幅の部分」から手を無理やり入れようとしても、ほぼ反対側の端近くにぶら下がっている棒までは、とてもじゃないが届かないということが、ひと目で見て取れた。

「普段はこの真紅のブラインドがぴっちり閉じているんですが、今はこのざまっさー」

「ああ、これはすぐに閉じたほうがいいですね。私たちを待っていていただいて、申し訳なかったです」

古谷が少し慌てたような口調で細江に言った。ロッカーの背面は目隠しとして充分に機能しているが、バスタオルは窓ガラスから二十センチほど離れたところに下げられていて、窓との隙間から室内の様子が少し見えてしまっている。窓の位置が地面から一六〇センチほどの高さにあるので、外壁のすぐ近くに立っている今は天井付近しか見えていないが、少しジャンプをすればもっと下のほうまで見ることができるだろう。あと今は湿度の関係か、窓ガラス全体が曇《くも》っているので、中の様子がくっきりと見えてしまうことはないだろうが（内側から曇っているようなので、ガラスを外から拭《ふ》いても無駄《むだ》であろう）、もし室内に誰かがいて着替えていたとしたら、見える範囲がバスタオルの隙間からのわずかな角度に限定されているにしても、そこを中の人が通ったときには、ぼんやりと人肌の色や形などが見て取れてしまうだろう。俺の感覚的にはそれだけでもアウトである。

俺は背後を振り返った。すぐ後ろはジムの駐車スペースの一部で、その向こうに脇道があり、道を挟んで隣は何かの工場が稼働している様子。脇道まで後退して右手に見える道の先を伺うと、すぐ隣は資材置場か何かで、赤錆《あかさ》びた鉄くずが草ぼうぼうの地面のあちこちに置かれており、そのさらに先は住宅街になっていた。今は脇道を通行する歩行者の姿は見られなかったが、このままにしておいたら──通りがかった誰かがジムの駐車場に十歩も入り込んで、その場で軽くジャンプをすれば、ブラインドとバスタオルの隙間から、女子更衣室の一部が覗けてしまうのである。

俺は脇道を数歩さらに先へと進んだ。建物の裏手の壁面を覗き込む。ジムの裏手にあたる十二メートルの間に窓は無く、はるか遠く、住居部分の裏にあたる部分に小さな窓がひとつ確認できた。二階には等間隔に四つの窓が見て取れる。外階段や窓の様子からすると、ジムの二階部分はどうやらアパートとして使われているようだった。十二メートル四方のジムの真上に、1K程度の賃貸がおそらく八室と、そして細江会長と家族の住まいが三メートル×十二メートルの二階建てとして、ジムの左側に併設されている構造のようである。

「じゃあ今度は、内側から見ていただくさー」

そう言って細江会長が移動を始めたので、俺は慌ててその後を追った。古谷に追い付くと、奴が小声で話し掛けてきた。

「ロッカー、横に繋《つな》がっているタイプでしたね。アメリカの高校生が使うような、一個一個が孤立したロッカーだったら、手前に傾けて隙間を作って、という手が使えるかなと思っていたのですが、そんなに簡単な問題じゃありませんでした」

高校時代に、掃除用具を仕舞っておくロッカーが各教室の隅にあった。幅四十センチ奥行四十センチ、高さ一八〇センチで、武骨なブルーグレーのスチール製だった。ロッカーと言えば俺はあれを思い出す。高校時代に同級生だった古谷も、おそらく同じものを思い浮かべていたのだろう。

だが先ほどガラス窓越しに見たロッカーは、スチール製なのは多分一緒だが、お洒落《しゃれ》なクリーム色で、しかも一二〇センチ幅の背面には縦方向の切れ目はなく、一枚の鉄板で作られていた。前に倒すとなると、俺たちがイメージしていたロッカー三つぶんの重量を支えなければならないことになる。それでは今回の謎の解答として現実的ではないと、古谷は判断したようだった。

3

十二メートル四方のジムは、先ほど見たように建物の裏手と、そして住居部分に接している左側にも当然窓は無かった。窓があるのは残りの二面で、建物の右手には問題の女子更衣室の他に、階段の手前に同じサイズの窓がもうひとつあった。建物正面には中央の玄関を挟んで左右にひとつずつ、合計二つの窓が設けられていた。女子更衣室のものを除く他の三つにも、真紅のブラインドが取り付けられていたが、いずれも巻き上げられていた。往来から練習風景が見えたほうがジムの宣伝になるのでそうしているのだと、会長が説明を加える。どの窓もガラス面には白文字で《細江》《ジム》、《ボクシング》《フィットネス》と書かれており、練習風景はその文字のない部分から見てもらうことになる。さらに湿度の関係でいまは透明な部分も曇ってしまっているのだが、それでも中の様子はぼんやりと見て取れた。

三段のステップを上がり、玄関の両開きのガラス扉を入ると、一畳ほどの靴脱ぎスペースがあり、左右が棚になっていた。細江会長は俺たちのためにスリッパを二足用意してくれた。上半分に曇りガラスが入ったサッシの引戸を開けると、いよいよジムの内部である。

中の空気は暖かかった。そして音が直接響いてくる。パパパ、パパパ、パパパ。ドンドン、ドン。

玄関から見て右手奥、幅五メートル強、奥行四メートル弱ほどのスペースが、壁で囲われていた。そこがシャワー室を内設したロッカールームで、問題の窓もその内部にある。残りのL字型の空間がトレーニングスペースで、ロッカールームとは対角をなす左手前の部分は、ボクシングリングが存在感を放っていた。マットの高さは床から三十センチほどしか無かったが、ロープを支える四本の柱は六メートル間隔で立てられていて、玄関を入ってすぐ目の前にそのうちの一本が立っているので、距離の近さが何ともいえない威圧感を生んでいた。いまは誰もリングに上がっていなかったが、もしスパーリングでも行われていたら、俺はその迫力に圧倒されていただろう。

リングの奥はパンチングボールとサンドバッグが吊《つ》るされたスペースで、数人が打ち込みを続けていた。残る右手前のスペースは広々とした場所で、隅にはフィットネスバイクなども置かれており、これまた数人が腹筋やら縄跳びやら、あるいは柔軟運動など、それぞれが独自に基礎トレーニング的なことを行っていた。

会長がゲスト二人を連れて戻ってきても、ほとんどが手や足を止めようとはしない。左の壁の中央にアナログ時計が掛けられていて、三分、一分、三分、一分の間隔で連動したゴングが鳴るようになっている。休憩のゴングが鳴るまでは、練習を続けるように教え込まれているのだろう。

しかしその中のひとり、二十代前半と思われる女性が、パンチングボールを打つ手を止めて、俺たちのほうに近づいてきた。会長のジャージと同じ配色の、緑と赤の練習着を着ているので、おそらくジムのスタッフなのだろうと俺は判断した。

「この子は大川《おおかわ》さん。女子プロの選手を目指してるさー」

「大川直子《なおこ》です。はじめまして、探偵さん」

目を輝かせ興味津々《しんしん》といった様子で俺たちに挨拶をした。愛嬌《あいきょう》のある顔立ちで挨拶もハキハキしている。

「探偵の古谷です。こちら、助手の井上さん。女子のプロボクシングって、あるんですか？」

「まだ無いんですけど、設立に向けて協会が動いているところです。細江会長も推進派の一人で、それもあって私はこのジムに在籍させてもらっています」

「今回は場所が女子更衣室だからさー、大川さんにも立ち会ってもらわないとさー」

「はい。わかってます」

大きく頷《うなず》くと、後ろでひっつめにしている髪がぴょこんと跳ねる。

「今は無人です。松山《まつやま》さんと境江《さかえ》さんにも、男性陣が立ち入ることに関して、了解は得てあります」

「そうかー。いろいろ言われるの、面倒さー、この子がいてくれて助かるさー」

壁のゴングがカーンと鳴った。打撃音や縄跳びの音が一斉に止み、ハアハアという息遣いがあちこちから聞こえてくる。女性二人はフィットネスバイクと柔軟運動をそれぞれ終えたところだった。この二人が松山さんと境江さんなのだろう。どちらも三十代見当で、大川とは違って女子プロを目指しているわけではなさそうだった。

「それではご案内します」

ロッカールームを囲う壁は見たところ、鉄のパネルのような素材で、部屋の拡張や縮小などの工事が必要になったときのことを想定して、わざと簡易的に作られているようだった。女子更衣室のドアは六十センチ幅で、同じ幅のパネルが右に一枚、左に七枚並べられている。なので部屋の横幅は五メートル四十センチか。男子更衣室の入口のある側の壁はパネル一枚、ドア、パネル四枚という並びで、こちらの合計は三メートル六十センチ。坪数で言えば、男女のロッカールームを合わせるとその面積は六坪ということになる。

女子更衣室はその三分の一を占めていた。

ドアを入ると、左右をロッカーに挟まれた八十センチ幅の通路が奥に延びていて、同じ八十センチ幅の簀子《すのこ》が通路部分には敷かれている。その通路の左に、四十センチ幅のロッカーのドアが六つ、通路を挟んで右には三十センチ幅のロッカーのドアが四つ——いや上下二段に分かれているタイプなので、こちらは八つと数えるべきか。左のロッカーは三人分でひとつの塊になっていて、一二〇センチ幅のロッカーが二つ並べて置かれている。なので更衣室の奥行は二四〇センチだった。右手の上下二段に分かれているロッカーが問題の窓を塞いでいるやつで、これも一二〇センチ幅でひとつの塊になっている。残りの一二〇センチは未使用で、壁には窓の残りが四十センチほどあり、そこだけ剝《む》き出しの床面には丸椅子がひとつ、ぽつんと置かれている。外から見たときと違って、窓の高さは床から一メートルの位置だった。これは外の地面と中の床面の高低差が六十センチあるということでもあった。

シャワー室はコンクリートのちゃんとした壁に囲まれていて、通路の突き当たりにドアがあり、開いていたドアから中を覗くと、トイレの個室がひとつと、シャワーブースが二つ並んでいた。それらをあわせて一二〇センチ四方の中にコンパクトに収まっており、同じ構造で同じ広さの男性用が隣に並んでいるという。

シャワー室には窓がなく、男性用と女性用は床から天井までの壁で完全に二つに分けられていた。その外をL字型に囲むロッカールームは、一八〇センチの高さのロッカーが壁代わりになっており、その上の空間を仕切る壁のようなものは見られなかった。逆にその構造を活かすように、ライティングレールという、照明器具を好きなところに取り付けられるレールが、天井から吊るされていて――長さにして五メートルほどあっただろうか。男性側からロッカーの壁を超え、八十センチほどの間隔を開けて二本のレールが、窓のすぐ近くまで延びていた。スポットライトふうの短い筒形の照明は、通路の真上にあたる部分に各一基ずつ、取り付けられている。

その二本のレールの端同士を繋ぐように、ロープが掛けられていて、洗濯紐《せんたくひも》のように頭上に張られていた。輪になるように結ばれて二重になったロープは、半分が窮《きゅう》屈《くつ》そうにロッカーの上を通っていて、残りの何もない部分に、ベージュのバスタオルが掛かっている。俺が何気なく触れると、しっとりとした湿り気が手に伝わってきた。見ただけでは湿っているかどうか判断がつかない素材だったが、どうやら身体を拭いたあとのバスタオルが吊るされているらしい。一二〇×六〇センチの標準的なサイズで、普通に吊るすと六十センチほどの長さにしかならず、しかもロープが窓枠より十センチほど上に張られているので、縦八十センチの窓の上から五十センチしか覆い隠すことができないが、九十センチと三十センチというバランスの悪い掛け方をして、何とか窓の上から下まで全体を覆い隠している。そんな掛け方をしたらズルッとロープから滑《すべ》り落ちそうだが、それを防いでいるのが洗濯バサミ——ではなく、あれは——。

「クリップですね。しかもマグネットクリップ。ロッカーに貼られていたのを利用したんですかね」

古谷が俺と同じものに目を向けて発言した。三センチ四方ほどの銀色のクリップで、片面の裏には磁石が埋め込まれている。注意事項などが書かれた紙を挟んだ状態で、鉄製のキャビネットなどにドンと貼り付けたりするアレである。

「このバスタオルは誰のものです？」

古谷の質問に、大川直子が答える。

「多分、ですけど、平岩《ひらいわ》さんのものだと思います」

「その方は？　今はいらっしゃらないようですけど」

「午前十一時ごろに帰られました」

「その際に、ここのブラインドが開いていたので、自分のバスタオルで応急措置をしました、といったようなことは？」

「特に何もおっしゃられずに出て行かれました。お急ぎだったようで、そういったことを説明する時間が無かったのかもしれません。たしか十一時半からファミレスのバイトが入っているんです。普段はバイトが終わったあと、午後三時ごろからいらっしゃるのですが、今日はバイトの後に友達と遊ぶ予定が入ってしまったので、バイト前のわずかな時間でも身体を動かそうと思って来ましたと、午前九時半ごろに来られたときにおっしゃってました」

「今はじゃあ、バイトがお忙しいさ中ですか。電話で事情をお聞きするのも憚《はばか》られますね」

古谷はそう言って、ひとつ溜息《ためいき》を吐《つ》く。

「このロープも、じゃあ間に合わせですか」

今度は細江会長が反応した。

「これはたぶん、ウチが昔まとめ買いした縄跳びのロープさー」

バスタオルからはみ出したわずかな部分を見るにつけ、半透明でまだらに色がついていて、縄のようにもこもこしていて、おそらく塩化ビニール製で、いかにも洗濯紐と思えていたのが、縄跳びのロープだと言われれば、そちらのほうがはるかにそれらしく思えてくる。

「持ち手のプラスチック部分が壊れやすくて、今はもう完全な形で残っているのは無くなったさー、縄の部分は荷物を縛ったり何だかんだで使われているの、他でも見たことあったさー」、それを使ったのかね」

「ああ、そう言われれば私も、昔のボクシング雑誌を縛っているの、見たことありました。平岩さんがお家のほうに立ち入ったとは思わないので、これは別のところから持って来たもののようですけど」

「空いてるロッカーに入っていたとか？」

「いちおう退会した人のロッカーは、中を検《あらた》めますけどね」

ロープの出所を、会長と女性ボクサーが検討し始める。

「まあ、検討はご専門でしょうけれども、今はブラインドを閉じることを優先しましょう」

古谷が提案した。おそらく検討と拳闘《けんとう》を掛けた駄洒落《だじゃれ》だったのだろう。俺は無視することにした。

それにしても、犯人はどうやってブラインドを操作したのだろう。細江会長が《謎解き専門》を謳う探偵事務所に依頼したのも頷けるほど、それは厄介《やっかい》な問題だった。古谷が会長に質問をする。

「先ほど外から見させていただいたのですが、そもそもあれしきの棒で、どうやって操作するんですか？」

待て待て古谷よ、そこから説明が必要か？

4

問題のブラインドの構造を、探偵が把握してないままでは埒《らち》が明かない。俺たちはいったんロッカールームを出て、同じ壁面にあるもうひとつの窓へと移動した。フィットネスバイクが三台並んでいて、それと壁との間の五十センチもない隙間に、古谷と細江会長が入り込む。俺と大川直子は少し離れた場所から、二人のやり取りを窺《うかが》うこととなった。

「この紐をこっちに引くと、自らの重みでストーンと落ちるさー。で、こっちに引くと上がって止まる。好きなところまで上げる。止まったままさー。でもこっちに引くと落ちるさー」

「なるほど。上げ下げはこの紐で操作すると」

「そしてこの棒をこうやって回すさー。そうすっと羽根が開いてく。で、もっと回すとさっきとは逆向きに重なって閉じるさー」

「ちょっと触らせてください。うん。えーっと。一回転でこれぐらい開きますか。二回転……三回転半でまた閉じますね。ああ、なるほど。直交する関節が二つ繋がってますね。いわゆる球体関節人形と同じ……なのかな？　棒の先がどっちを向いてても、回せばその力がこの軸に伝わると。なるほど。手動だとこういう仕組みになってるんですね」

そうか。古谷はブラインドといえば電動式という思い込みがあって、「開け閉めを操作する棒」も、その先にボタンがついているようなものを想像していたのだろう。ところがボタンなどは何もなかった。「あれしきの棒」発言の真意が俺にもようやく理解できた。あと事務所の内装がレトロ趣味で統一されているのに、ブラインドが電動式なのが前から気になっていたのだが、奴には手動式という選択肢がはなから無かったのだ。いろんなことが一気に腑《ふ》に落ちた。

「ということは、この軸そのものを回したとしても──おお、開け閉めできますね。ということは……？　はい。構造は理解しました。ではもう一回、現場に戻りましょうか」

古谷は何かを思いついた様子だった。女子更衣室のドアに向かいかけたが、

「そうだ。脚立《きゃたつ》のようなものはあります？　二、三段あればいいのですけど」

「大川さん、あれだ。この前、電球を取り換えるときに使ったの」

「あっはい。持ってきます」

サンドバッグの方に小走りで向かう大川直子を待たずに、俺たち三人は再び女性用のロッカールームへと入室した。ドアを入ってすぐ右手、建物の外壁と鉄製のパネル壁が作る九十度の角に、ほとんど隙間を残さず、接するように、クリーム色のロッカーが置かれている。ロッカーの厚みは四十センチほどか。この裏にスラットを操作する棒が隠れている。このロッカーとパネル壁の隙間は一センチも無い。もちろん手が入るわけもない。このロッカー全体を左に十センチも移動させれば、その隙間には窓の右端が現れ、ブラインドの右端も見えて、端から三センチの部分に垂れさがっている棒にも手が届くだろうが、いったいどのくらいの重さがあるのか。いや問題は重さではない。移動させようとしても、そもそも指先が隙間に入らないのだから。

古谷も俺と同じ案を考えていたようだった。

「このロッカーが左に動かされ、ブラインドを動かした後、今度は右に動かされて、今はこの位置にあるとしたら。その場合、もともとのロッカーの位置が、これと同じだったとは限りません。もう少し左にあったとしたら、今とは違って、少なくとも指は入ります。だとしたら、動かせますか？」

　細江は無言で首を振った。彼はバスタオルの前あたりに立っている。丸椅子が置かれた目の前の床を指差して、

「このロッカー、空の状態でも四十キロ以上あったさー。三年前に届いて、俺と当時いた練習生と二人で運んで、組み立てて、ここに置いたさー。床に傷をつけないように、持ち上げて運んで置いたさー。それだけの重みがあるからさー、力任せに移動させたら、引きずった跡が床に残るさー。でも傷はないさー」

　なるほど。床に傷がないことで、横移動説は否定された。だとしたら次は――。

「脚立、持ってきました」

　背後のドアが開いて、大川直子が入ってきた。手には六十センチほどの高さの脚立を持っている。

「三段ですけど、これで大丈夫ですか？」

「ああ、いいですね。じゃあこれを、ドアぎりぎりの場所に置いてと」

　スラットを操作する棒は、窓に向かってほぼ右端の位置にあり、脚立を置く場所もそれに合わせる必要がある。

「じゃあ……井上さん。この上に乗ってみてくれませんか？」

俺は咄嗟に言葉を呑《の》み込んだが、「えっ俺が？」という心の声は、古谷にも伝わったようで、

「私と細江会長と、井上さんと――それぞれ身長が違いますよね。で、どれぐらいの身長だとどこまで手が届くのか、それぞれで試してみたいのです。いいですか？」

「……もちろん」

俺が一番バッターを務める理由は説明されていないが、まあいいだろう。俺は簀子の上に広げられた脚立の安定性を手で確かめてから、脚立をまたぐように、一段目、二段目と上がっていった。最上段を残して、もう充分な高さに達していた。ロッカーの上面が眼下に見える。そこでちょっとした発見があった。

「ロッカーの高さと窓枠の高さはどっちが上ですか？　そこから窓枠の上端は見えますか？」

「窓枠の上の部分は少し見えていますけど、それより面白いものがありました」

高校時代の同級生ということで、二人きりのときはタメ口を利かせてもらっているが、客先ではちゃんと所長と助手という関係性を意識して、俺が口調を変えている件に関しては、まあ気にしないでいただきたい。それよりも俺の発見である。

「――ブラインドを上下させる紐が、ロッカーの上に載せられています。それがマグネットクリップで挟んで留められています。お見せしましょうか？」

「あ、そのままにしておいてください。私も自分の目で確かめます」

古谷と入れ替わるということで、俺は身体を安定させるためにロッカーの上に置いていた手を離した。ロッカーの上面には俺の手形が残った。俺は自分の手を見た。

「うわっ。埃《ほこり》が」

二本のライティングレール自体が床から一九〇センチほどの低い位置に吊るされていて、そのレールに嵌《は》め込んだ二つの照明の光は、ロッカーの上を充分に照らしているとは言いがたい。なので自分の手が埃まみれになって初めて、俺はロッカーの上面が埃だらけだということに気づかされたのだった。

会長が「大川さん。掃除してないの？」と咎《とが》めると、

「すみません。ロッカーの上までは考えていませんでした」

女子更衣室の掃除は、女性スタッフである大川が担当しているようだった。

「そっか。ま、仕方ないさー。そういや俺も、男性側のロッカーの上、掃除してないし。やっぱ、面倒さー」

その間に俺と交替して脚立の上に立った古谷が、感心した様子で、

「ああ、なるほど。井上さんの言ったとおりですね。ブラインドの紐がロッカーの上に引き出されて、マグネットクリップで留められている。そしてロッカーの上が埃まみれです。これで犯人がロッカーの上から何かしたという可能性が全部なくなりました」

慎重に脚立を下りたあと、もう用済みということなのか、脚立を元のように畳《たた》みながら、

「あそこに丸椅子が置いてありますよね。あれに乗れば、ロッカーの上から窓枠に――そしてその窓枠に取り付けられたブラインドに、手が届くかもしれないと思ったのです」

「だったら脚立を持ってこなくても、その丸椅子を使えば良かったさー」

細江会長が苦言を呈したのに対しては、

「あの丸椅子は、特にこういった簀子の上で使うには、安定性に不安が残ります。犯人があれを使ったとしても、私たちが同じ危険を冒《おか》す必要はありません。より安全な脚立を使わせていただきました」

会長が納得したのを確認してから、説明を続ける。

「たとえばロッカーと壁の隙間が、上から攻めたとき、指が入る程度に開いていたとしたら。本棚とか、壁にぴったり寄せて立てたつもりでも、上のほうはなぜか壁との間に隙間ができてたりしますよね。そんな感じで、椅子の上に立って、ロッカーの上から窓枠にアクセスしたら、ブラインドまで手が届くのではないかと。棒の先はまだまだ下にありますが、棒の軸の部分に手が届けば、その軸を回せば羽根の開閉は可能です。あるいは一枚目の羽根に手が届くとしたら、その羽根を無理やり回転させて――閉じている手前の部分をぐっと持ち上げて――一ヵ所だけだと石原裕次郎のアレみたく羽根が曲がってしまいますから、何ヵ所も同時に手前を持ち上げて、セロハンテープか何かで固定すれば、一枚目の羽根を水平に開いた状態にすることはできます。するとブラインドというのは、一番上の羽根を動かすと、その下のすべての羽根も同じ角度に回るんです。先ほど確認しました。だから棒を回さなくても、一番上の羽根を動かすことさえできれば、この状態を作り出すことができるのではないかと思ったのですが、そういった可能性は、積もった埃がすべて否定してくれました。……とりあえず、そろそろ本気で、ブラインドを閉じましょう。犯人がどうやったかはまだわかりませんが、このロッカーを動かせば、閉じることはできるわけですから――じゃあこっちに動かしましょうか」

古谷は手の動きで、ロッカーを横移動ではなく、手前に移動させたいという意思を伝えてきた。そのためには通路の簀子を外《はず》さなければならない。俺たちは奥のほうに移動した。簀子はロッカーの扉の開閉を邪魔していないことからわかるように、厚さはかなり薄かったが、長さが一二〇センチほどあって、そんなに軽くはなかった。ここは腕力のある細江会長が役目を買って出てくれた。動かしたいロッカーと接してる辺を持ち上げて、反対側のロッカーに立て掛けた形にする。

「もう一枚。こちらの簀子も持ち上げましょうか」

ロッカールームのドアからシャワー室のドアまで、通路は二四〇センチの長さがあり、一二〇センチ長の簀子がもう一枚、バスタオルが吊るされている側に敷かれていた。それも同様に持ち上げて、左側のロッカーに立て掛けた状態にすると、今まで隠れていた床面が顕《あら》わになった。

古谷が「やっぱり」と呟《つぶや》き、細江会長が「あっ」と声を洩《も》らす。

床面には、窓を塞いでいるロッカーが、手前に引きずり出された際につけられたと思《おぼ》しき傷跡が残されていた。

5

縦移動と言うよりは円弧《えんこ》移動と言うべきか。

ロッカールームのドアから見て奥のほうの端を、ずるずると窓から離れる方向に移動した後、斜めになったロッカーに十センチほどの横移動を加えて、ロッカーの右端とパネル壁との間に十センチほどの隙間を空ける。するとそこから、ブラインドの右端に集まっている操作棒やら紐やらに触《さわ》れるようになる。

現状、ロッカーの右端に指が入らない以上、今から俺たちが行おうとしていたロッカーの移動も、そういった形にならざるを得なかったわけで、それと同じことがすでに過去に行われていたことが、その床面の傷跡から、いま明らかとなったのである。

「これ、一人でできます?」

古谷の質問には細江が答えた。

「俺ならできるさー、でも大川さんには無理さー」

同じように腕力を鍛え上げたボクサーであっても、女性には無理という意味だった。女子更衣室に出入りできるのは基本的に女性のみである。だとしたら、二人以上が協力して行ったということか。

「今はとりあえず、会長さんに力ずくでやってもらいましょうか」

「したら、やるさねー。大川さん。これ、中、空かね？」

「ええっと、五つは確実に空です。いま女性の会員さんは九人なので——私を除いてです。私は自分の部屋で着替えもシャワーもできますから、ここのロッカーは使ってません。なので九人なんですけど、古参の会員さんにはこっちの大きいほうの六つを、後から入った方たちにはこっちの小さいほうのうち三つを、割り当てていってます。その三人のうちの一人が境江さんで、だから彼女の荷物は確実にこの中に入ってます。あとの二人は今は来てませんが、中に荷物を置いたままにしている可能性はあります。だからなるべく振動を与えないように、気をつける必要はあると思います」

「面倒さー」

文句を言いながらも、わずか二十秒ほどで、床の傷跡の上をなぞるように、幅一二〇センチ×奥行四〇センチ×高さ一八〇センチ、四十キロ以上の重量のある鉄製のロッカーを、移動してみせたのだった。ロッカーの右端と壁との間に隙間ができ、会長は自ら棒を回して、真紅のブラインドのスラットを閉じた。

これで女子更衣室が外から覗かれる心配はなくなった。俺たちが到着してから三十分が経過していたので、ようやくと言うべきか。あとは誰が何のためにこんなことをしたのかを古谷が解明するばかりである。

「おっと、これは何でしょう」

会長と場所を代わってもらった古谷が、何かを発見したようだった。しかし俺のいる場所からだとそれが見えない。狭い場所を四人が入れ替わり立ち代わりして、ようやくその発見が共有される。

窓自体はアルミ製のサッシだったが窓枠部分は木製で、右の窓枠の半ばあたり、上からも下からも四十センチほどの場所に、金属製のネジ釘《くぎ》が捻じ込まれていた。完全に捻じ込んで平らになった状態ではなく、ネジ頭の部分が木枠から二ミリほど浮いた状態である。

「この頭の部分に何かを引っ掛けるために、少し浮かせている感じはしますよね」

大川直子が言う。俺の感想もほぼ同じだった。

「そして床にはこれが落ちていました」

ロッカーの背面と壁との隙間に何かが落ちていることは、状況的に考えられた。

たとえば一時的にロッカーの上に置いたつもりのものが、そのまま向こうに落ちてしまった場合など。髪留めのゴムやらタオルやら、あるいは下着などが考えられたが、古谷が手にしていたのはそれらとはまた違ったものだった。

「針金？」

そう。それは針金だった。十二センチほどの長さだったものが、半分に折られ、両端を束ねた部分がくるくると巻かれて、長さ五センチほどの細長い輪っかが作られている。

「先ほどの話ですと、このロッカーは、最初から置かれていたのではなく、三年ほど前に組み立てられ、追加でここに置かれたそうですね。その前は、この窓は全面見えていたと。そのとき、ブラインドの紐とか棒とかは、うかつに触らないように、このネジの部分に固定されていたと考えて良いのではないでしょうか？」

「俺は三年前にこのロッカーを作って設置するときだけしか、こっち側には入ってないさー。そのときどうだったかは憶えてないさー」

細江会長が首を振ったのに続いて、大川直子も、

「私がこのジムに来てから、まだ一年と少ししか経《た》ってません。このロッカーが置かれる前のことは、だからわかりません」

「大川さんがいらっしゃる前は、どなたが女子更衣室の管理とか、掃除とかをされてたんですか?」

古谷が何気なく発した質問は、どうやら細江会長の弱点を射止めたらしかった。苦虫を嚙《か》み潰《つぶ》したような顔で、

「俺の奥さんが、その当時はいたさー」

「私は一週間だけ、その方とご一緒しています」

と横から口を出した大川直子が事情を知っているふうだったので、古谷がその後を促《うなが》す。

「大川さんがこのジムに来られて、一週間後に――?」

「出て行ったさー。練習生のひとりと駆落《かけお》ちしたさー」

細江会長が吐き出すように言って、しょんぼりと肩を落とした。

「練習生ってのはさー、上のアパートに住まわせて、朝から晩までボクシングだけをしてればいい環境を、ウチでは用意してるさー。それがいつの間にか、杏里《あんり》と――あ、杏里っていうのが俺の元奥さんの名前で、後からあいつが送って寄越した離婚届を俺が役所に提出したんで、今は旧姓の森部《もりべ》に戻って、森部杏里さー」

「私もいま、上のアパートに住まわせてもらっています。お家賃も安くしてもらっ

て、このジムでは指導員のバイトもさせてもらって、朝から晩までボクシング三昧《ざんまい》の生活を送らせてもらっています。女性は私一人ですが、今は私の他に男性のプロの方が二人、アマチュアが一人います」

「駆落ちしたのは、さっきの話にも出てきた、俺と一緒にこのロッカーを組み立てた奴だったさー。いつの間にそんな関係になってたのか、今でもわからんさー」

会長がしんみりしてしまったぶんを、大川は自分がカバーしなければと思ったのか、あえて溌剌《はつらつ》とした口調で、

「そういえば、さっき言おうとして言い忘れてたことがあったんですけど——さっきみなさんが、床の傷を見てどうのこうの仰ってたじゃないですか。でもあれ、昔からついてましたよ」

古谷が思わず「えっ」と驚きの声を洩らした。大川は続けて、

「私もかつては真面目というか、簀子の下の床まで綺麗に掃除しようと思ったことがあったんです。一年くらい前だったかな。それでこんなふうに簀子を上げて、床を見たことが一回だけあって、そのときにはもうさっき見た傷、ついてましたよ」

「それは……会長と練習生さんが、このロッカーを設置したときに引きずったものでは——?」

「俺らは引きずらなかったさー。手前にやや倒した状態で持ち上げて、壁に当ててから床に下ろしたさー。壁に傷があったならわかるけど、床には絶対に傷はつけなかったさー。こんなふうに斜めに置いたことすらないしー」

だとしたら円弧状の床の傷は、別のときにつけられたことになる。といっても今日ではない。大川直子の言によれば、一年前の時点でもうつけられていたのだから。

「その、細江さんの元奥さん──森部杏里さんは、よく気の利く人でしたか？」

「そうさねー。十五年前にこのジムを建てるとき、これからは女性の会員も視野に入れるべきだ、減量って言葉にはボクサーだけでなく女性も敏感だからって言って、女性用のシャワー室や更衣室も作らせて、それが今では役に立ってるさー。あと男性側はロッカーのサイズは幅三十センチでいいけど、女性側はもっと広くなくちゃダメって言って、四十センチ幅のやつを置かせたさー──」

と言って、今は簀子を立て掛けている、通路左側のロッカーの列を指差した。

「着替えの空間も、男性は八十センチ幅の通路があればいいけど女子はもっと必要だって言って、もともとこのロッカーが無かったときは、女性用の更衣室はもっと広かったさー。そんで女子の比率がもっと増えたときにも対応できるように、着替えの空間に男女の壁は作らず、ロッカーを壁代わりにしてれば、ロッカーの並び替えで女性用の面積を広げられるしって言ってさー。実際には男性側を減らすことはもうできないんで、このロッカーを増設するしかなかったんだけど、こっち側と同じタイプだと、この幅で三人ぶんしか増やせないけど、三十センチ幅で上下二段のこれなら八人ぶんだって、これを選んだのも杏里だったさー。あとそうさー。自分が駆落ちするときだって、自分の代わりになってくれる女性スタッフがジムに来てからにしたくらい、気遣いは得意中の得意だったさー」

最後の自虐部分はあえて無視して、古谷は宣言した。

「だとすると、話が見えてきました」

どうやら解決への道筋を見つけたようである。

6

「その前に、ブラインドを閉ざすことができたので、このバスタオル、もう外しちゃっても良いと思いません？」

古谷の提案に、大川が反応する。

「そうですね。平岩さんにちゃんと綺麗にしてお返ししなくちゃ」

「私があのクリップを外すので、大川さん、もしバスタオルが落ちてきたら、下で受け取っていただけます?」

「わかりました」

　古谷がクリップを外すと、はたしてバスタオルは長いほうの重みでずるずると滑り落ちてきた。それを受け止めた大川が少し驚いた表情を見せた。

「これ……湿ってます」

「そうですか。思っていたとおりです」

「でも……だとすると、平岩さん、ブラインドが開いているのを承知の上で、どうやってシャワーを浴びたんですかね。着替えも全部シャワー室に持って行って、中で身体も拭いて、着替えも終えてから、こっちに出て来たんでしょうか? でもバスタオルや着替えを置いておける棚とかって、中には無いんですけど。だから普通は、ここらへんでいったん裸になって、シャワーを浴びて出てきてから、ロッカーの中に置いていたバスタオルで身体を拭いたり、同じくロッカーの中に置いてあった服を着たりするっていう順番になるはずなんですけど」

　ああ、言われてみれば大川の言うとおりであった。バスタオルが湿っていることに関しては、俺が誰よりも先に気がついていたのに、その疑問には思い至れなかった。

古谷は洗濯紐としての役目を終えた縄跳びのロープの結び目を、やや手こずりながらも何とか解《ほど》いた。そのロープを手でもてあそびながら、ついに謎解きの解説を口にし始めたのだった。

「さて。今回の事件は、過去と現在、二人の女性による、いわば合作のようなものでした」

おそらく過去の女性というのが森部杏里で、現在の女性は平岩という会員、なのだろう。

「この新しいロッカーが設置された後のどこか——おそらくは、すぐ後ぐらいだったと思いますが、杏里さんは当時から親しくしていたのかもしれない、練習生の一人にお願いして、このロッカーをこんなふうに動かしてもらったのだと思います。会長さんと一緒に設置したのも、その人だったそうですが」

「あいつが動かしたのか。杏里に頼まれて？」

「あくまでも想像ですが、おそらくは。杏里さんは、大川さんが来られる前は、この更衣室の掃除なども担当してらした。そうですよね？」

「ああ、そうだったさー」

「で、杏里さんは、このロッカーのせいで、ブラインドの開け閉め――上下の上げ下ろしと、羽根の開け閉めの両方ですね――その操作ができなくなったことに関して、どこか納得できない思いがあったのではないでしょうか。もちろん女子更衣室の窓ですから、中のブラインドは閉まった状態のままで良いのですが、本来ならば動かすことのできる操作が完全に不可能になってしまうことに関して、何かこう、気持ちの悪い思いを抱いていた。動かす必要はないのだけれども、動かせなくなることに関しては抵抗がある。万が一のときに動かせるようになっていたほうが良い気がする。この感覚、私はわりとわかる部分があるのですが、どうでしょう?」

ＰＣに元から入っていたソフトが不要であっても、わざわざ消すこともない。容量的に問題がなければ、万が一必要になったときのために残しておきたい。そんな感覚と同じなら、まあ、俺にもわからなくもない。

「上げ下げの紐がロッカーの上にクリップで留めてあったのは、そういう理由で誰かがしたことだと思いました。ただ上に置いただけだと、紐自身の重みでロッカーの向こう側にずるずるっと落ちて行ってしまいそうだから、マグネットクリップで留めておいた。これはなかなかの気遣いだと思いました。上げ下げの紐がそうなっていたのですから、開け閉めの棒にも同じような気遣いがなされていたと考えてもいいと思いませんか?」

「でもその棒は——先端がこっちに向けられてクリップで留められていたとしても、手が届かなさそうだし」

俺が疑問を口にする。棒の長さは五十センチほどしかない。ロッカーの裏にほぼ横倒しの状態で留められていたとしても、反対側の端から腕を七十センチも入れないと、先端にすら届かない。ロッカーとガラス面との隙間は五センチほどしか無かったし、もし指先が届いたとしてもその姿勢で棒を回すのは大変そうだ。腕を無理やり突っ込むと、ブラインドを窓ガラスに押し付ける形になるだろうし、棒を回したときにスラットが動くのを、自分の腕で邪魔しているような体勢になっているはず。

「ロッカーがこの位置に据《す》えられると、この棒にはどうしたって手が届かない。ではどうするか。そこでこの針金とネジの頭と、このロープが用意されたのです。おそらくこうです」

古谷はブラインドに仕掛けられていたからくりを再現し始める。壁に対して斜めに置かれたロッカーが邪魔で、彼の動作を他の三人が見られない場合があるので、自分で実況をしながら作業を進める。

「この針金の輪っかに、棒の先を通してから、針金をこのネジの頭にぐるぐると、二回ほど巻き付けます。そうすると針金の輪っかはこの位置で固定され、その中を通った棒も、このネジから五センチの範囲内でしか動かせなくなります。棒はほぼ真下を向いた垂直の状態で固定されました。あとはこの状態で棒がぐるぐる回せるように、このロープをここらへんに、ぐる、ぐる、ぐると、三重に巻きました。この縄跳びのロープは、塩ビですかね？　素材からしてけっこう摩擦があって、表面もデコボコしてますし、空回りせずにこの棒を回すだけの摩擦力は持っているように思います。実験してみましょうか。この両端を──すみません、井上さん、受け取ってください」

古谷の作業を逆側から見ていた俺は、ロッカーの裏側に半身を滑り込ませるようにして、奴からロープの両端を受け取った。それを古谷の指示に従って結び、輪っかにしてから、自分の側にできるだけ引っ張った状態で、マグネットクリップで挟んでからロッカーの裏面に貼りつけた。今は端から十五センチほどの位置にクリップが貼りついている。

「ロッカーを元の位置まで動かせば、クリップはさらに向こう──端から五センチほどのところまで移動できるでしょう。井上さんの側から、難なくクリップに——そのクリップに挟んであるロープに、手が届きます。今はロッカーの位置を直さずに実験してみましょう。井上さん、そのロープをクリップから外して、両手で持って引っ張ってピンと張った状態にしてから、上のほうをさらに引き、下のほうは逆に送り出すようにして、この棒を回すように心掛けてください」

俺がロープを動かすと、先ほど閉じたはずのブラインドが、ぎこちない動きで——ロープがときどき空回りするのだ——それでも少しずつ、スラットが角度を変えてゆくではないか。完全に回り切るところまではいかなかったが、各スラットがほぼ床面と平行に開くところまでは、ロープによる遠隔操作でできた。実験成功である。

「おそらくこんな操作が必要となる事態は、金輪際《こんりんざい》生じなかったとは思いますが、とりあえず棒の反対側から遠隔操作でブラインドの開け閉めをするこの仕掛けは、三年前の時点で、森部杏里さんの手によって、こんなふうに用意されていたのだと思います。で、その仕掛けを今回発動させたのが、平岩さんでした」

「それは……何のためさー」

細江会長が合いの手を入れる。俺もまだ全体の流れが把握できていない。古谷の説明を待とう。

「いつもは午後三時ごろに来られる平岩さんは、今日はバイトの後も予定が入ったと言って、珍しく午前中に来られたと。それは初めてのことでしたか？」

その質問に答えたのは大川直子だった。

「あっはい。午前中に来られたのは初めてだったはずです」

「いつもだったらトレーニングの後にシャワーを浴び、バスタオルで身体を拭いて、そのバスタオルを持ち帰ってすぐに、家で洗濯したり干したりするのでしょう。ところが今日は午前中にトレーニングをしてシャワーを浴びて身体を拭いて――そこで濡れたバスタオルをどうするかという問題に直面したのです。鞄《かばん》に入れてバイトに行き、さらに友達と遊んで、家に帰るまでずっと濡れた状態のまま鞄に入れっ放しにしておくのが、平気な人ももちろん大勢いますが、そういうのを極端に嫌う人も、中にはいると思います。平岩さんがおそらくそういう人だったのでしょう。これからいろいろ予定をこなし、家に帰ってから洗濯するまでの長時間、鞄の中でじくじくさせたものを洗って使うぐらいなら、洗濯は一回飛んでしまうにせよ、ここで使ってすぐに干して乾かしたものを明日使えるのならそのほうがいいと、平岩さんは判断したのでしょう。バスタオルを干したい。照明のレールがほどよい高さを通っているが、ロッカーの列と直交しているので、干したら通路を塞ぐ形になるし、ライトが邪魔になってそもそも掛ける場所がない。二本のレールの間にロープを張って、そこに干すのが良さそうだ。レールの幅は八十センチだが、ロッカーを避けると四十センチほどの部分しか使えないが、まあ何とかなるだろう。レールに掛けるロープに関しては心当たりがあった。ロッカーの裏にマグネットクリップで貼り付けてあるのを、何かの拍子で見たことがあったのでしょう。あのロープを引っ張り出して洗濯紐として使おう。そう思ってロープを引っ張った。あるいはただ引いただけでは無理そうだから、結び目を解こう、そのために中途半端な場所にあった結び目を手元に引き寄せようとして、ロープをぐりぐりと動かしたのかもしれません。そうしたらブラインドが開いてしまった。これはまずい。まずはこれを閉じなければ。でもロープは欲しい。バイトの時間は迫っている。そんな感じで焦《あせ》ってぐりぐりやっているうちに、針金がネジの頭から外れたか、あるいはこの棒がしなって先端が針金の輪っかから抜けたかして、針金は跳ね飛んでロッカーの裏に落ち、棒は軛《くびき》が解かれて引かれるままに先端をそっちに向けて、そうなるとロープも棒からすっぽ抜けて平岩さんの手に入る。ブラインドが開いてしまったのは計算外だったが、最初の予定どおりにロープを張ってバスタオルを干せば、ちょうど窓の目隠しにもなる。下の方まで隠すとなると、五分五分に掛けるのではなく、三対一ぐらいのバランスで掛ける必要が生じて、そのままだとずり落ちてしまいそうだが、ちょうど洗濯バサミ代わりに使えそうなマグネットクリップがひとつ手元に残っている。これで挟んでバスタオルがずり落ちないようにすれば完璧だ。自分の後に更衣室を使う女性にも迷惑はかからない。明日バスタオルを回収した後が問題だが、それまでにはブラインドの羽根も誰かが元に戻してくれているだろうと。そんなふうに考えたのではないでしょうか」

「それですべて説明がついたさー。パズルのピースがひとつの余りもなく全部嵌まったさー。それが正解さね」

バスタオルは善意で吊るされたのではなかった。むしろ濡れたバスタオルを干すことこそが、事件の直接的な原因になっていた。会ったこともない平岩さんという女性の、強烈な個性を、俺は感じていた。

そして森部杏里という女性のことも。今回の事件は彼女たち二人の個性が引き起こしたものだった。

「探偵さんって、やっぱり、凄《すご》いんですね」

大川直子の目がハート型になっているのが、俺の気に障《さわ》っていた。

「謎、解いてくれて、ありがとさー。さて、ロッカー、元の位置に戻すさー」

対照的に細江会長は、力のない声でそう言って、げんなりした表情を見せていた。

そんな二人には頓着《とんちゃく》せず、古谷は勝手な感想を述べている。

「今日はたいへん勉強になりました。私はやりませんが、ボクシングというスポーツは紳士のたしなみですからね。何しろあの名探偵ホームズが、得意としていたくらいですから」

パネル壁の外からは、俺がここに来てから二十数回目となるゴングの音が鳴り響き、続いてパパパ、パパパ、パパパ、ドンドン、ドンという打撃音が聞こえ始めた。その音を聞きながら、俺もボクシングをやってみたいなと、ふと思った。

File 19
「警告を受けたリーダー」

P

カラット探偵事務所が初年度の一年間に解決した二十個の事件を、小説化しようと思い立ってから、はるかな年月が過ぎてしまったが、十五年目にしてようやく今回、最後の事件を書き上げることができた。

とはいってもFile 20「三つの時計」は諸事情により先に書いてしまっていたので、最後に残ったのはFile 19「警告を受けたリーダー」事件だった。それも一種の因縁《いんねん》というべきか。

俺にはもともと、この事件だけは小説化に際して自分が苦しめられるだろうという予測がついていた。この事件のとき、俺はあることをやらかしてしまったのである。古谷《ふるや》も事件後しばらくの間は「そういえば、井上《いのうえ》さんはあのとき（以下略）」と折に触れ俺を責め立てていたものだ。思い出すにつけいまだに忸怩《じくじ》たる思いが尽きない。

ではいったい俺は何をやらかしてしまったのか。

すでに六節からなる本編は書いてしまってある。『事件簿2』のFile 12「つきま

とう男」のときと同様、その前後にプロローグを意味する「P」と、エピローグを

意味する「E」という節を、後から加筆しており、今まさに「P」を書いている最中だ。

すでに書き上げた本編の中では、俺がやらかしてしまったことは、表立って読者にわかるようには書かれていない。ただし注意深い読者には、察することができるように、いちおうフェアプレイ精神をもって書いたつもりではいる。この後に書く予定の「E」で、その「伏せられていた事実」を明らかにするので、俺が何をやらかしてしまったのか、本編を読書中に予想を立てた上で、最後の「E」で答え合わせをしてみるのも一興だろう。

ちなみに本編の中では基本的に、当時の「現在」を作中の時制として執筆している。一方で「P」と「E」は、その小説を書き上げた二〇二〇年現在の時制で書かれている。その特性を活かして、ここに事務所の現状でも書いておこうか。

事務所の入った《古谷第一ビル》は二〇〇六年の時点でもかなりの築年が経過していたが、十五年後の現在も無事に存在しており、テナントは半数が入れ替わったもののすべてが埋まっている。六階の《カラット探偵事務所》も健在である。今やナイスミドル（笑）となった古谷謙三《けんぞう》は今でも所長を務めており、謎解き専門の探

偵として活動を続けている。

一方で助手はすでに三代目に代替わりしている。

実は俺が助手を務めたのは、最初の二年間だけであった。

三年目から俺に代わって助手を務めたのは何と、File 6「小麦色の誘惑」事件に登場した古谷の従弟《いとこ》、長島次郎《ながしまじろう》くんなのであった。ルーフバルコニー付きの豪奢《ごうしゃ》な1LDKに住んでいたあのブルジョア大学生が、就職活動も特にしないまま大学を卒業し、モラトリアム期間を優雅に過ごすのかと思いきや、ちょうど俺の抜けた穴を埋めるように、事務所の二代目の助手に収まったのである。その長島くんも二年前に父親の仕事の後を継ぐことになって抜け、今は三代目（俺のよく知らない人物で、何でも二〇一七年に携わった、File 数百数十番になる「からくり人形電送事件」の依頼人として知り合ったのがきっかけだったらしい）が古谷の手足となって働いている。

さて今回、十数年前の事件を書くにあたって、問題となったのが当時の記憶である。いちおう俺は事件解決からさほど日を置かない時点で、後日の小説化に必要となるであろう情報を、古谷ともう一人、合計二名から採取していたのである。ところがその音声データがどこにあるのか、しばらくわからなくなっていた。

　そのデータがひょんなことから今年（二〇二〇年）見つかったのである。

　すっかり忘れてしまっていたが、俺は二〇〇七年の一時期、事務所内にパソコンを持ち込んでいたのだった。通常のノートPCは事務所の雰囲気に合わないから駄目だと言っていた古谷が、NTTドコモのシグマリオンの、ゼロハリバートン仕様に関しては、この見た目ならばOKと言って、持ち込みを許可したのだ。携帯電話で録音した音声データは、そのパソコンに保存していたのだった。ただし俺の使い方が悪かったのか、三ヵ月ほどでキーボードの反応が悪くなり、事務所での使用は短命に終わったので、俺のシグマリオンはすっかりその存在を忘れられていたのである。

　使えなくなった後も、外見が可愛《かわい》らしいので捨てずに取っておいたのが奏功《そうこう》して、今年になってその内蔵HDDの中から、くだんの音声データが発見されたのであった。さっそくサルベージして、そのデータを元に、今回の執筆に至ったというわけである。データの発見がもっと早ければ、この『事件簿3』は数年前には書き上がっていたかもしれない。それぐらい当時の音声データは俺の執筆に際して必要とされていたのだ。

　ちなみに当時の関係者の（事件解決直後のホットな）音声データを基にしている

とは言っても、細かい言い回しやら何やらに関しては、小説化にあたって俺の好きなように変えている部分があることはご了承いただきたい。

それでは本編の、はじまりはじまり。

1

俺の携帯電話が鳴ったのは、二〇〇七年三月十一日、日曜日の午後一時のことであった。

「あ、えーと、古谷です。カラット探偵事務所所長の、古谷謙三です」

知らない相手ならともかく、どうして俺に電話するのにこんなに焦《あせ》った感じになるのだろう。俺がその点をからかいつつ、「ところでどうしました？　こんな日曜日の昼間に」と用件を促《うなが》したところ、

「実は今日も事務所に出ていたのですが、依頼が入ってしまいまして。とりあえず池戸《いけど》市の産業会館という所まで行きたいのですが、それだったらタクシーでも呼んで、一人で行けって話になりますよね。でもそうじゃなくてですね——」

相変わらず話がまどろっこしい。

「探偵には助手が必要だ、運転手も兼ねて迎えに来て欲しい、ってことですよね？」

皮肉めかしたつもりはなかったが、俺が普段あまり使わない丁寧語《ていねい》でそう応じると、

「あ、はい。あーいや、池戸駅までは自分で電車で行けると思います。そこで落ち合って、産業会館まで乗せて行っていただきたいんですよ」

「時間は？」

「池戸駅には一時四十五分か五十分には着けると思うのですが」

倉津《くらつ》市の繁華街の外《はず》れにある事務所を今から出るとしたら、まあそのくらいの時刻になるだろう。俺は二つ返事で承知した。予定のない日曜日を自宅でぐうたら過ごすよりかは、奴の誘いに乗ったほうが、よっぽど刺激的な時間を過ごせるだろう。

といっても寝起きの乱れ髪のままでは探偵助手は務まらない。時間を計算して、軽くシャワーを浴びることにした。三月に入っていたが、ここ数日は気温が上がらず、今日も午前中には霙《みぞれ》混じりの雨が降っていたようである。巷《ちまた》では風邪《かぜ》が流行《はや》っているとも聞いていた。他ならぬ古谷所長が先日そういう話をしていたのだ。髪はちゃんとドライヤーで乾かして、風邪を貰《もら》わないように気を付けなければ。

ジーンズにダウンジャケットを合わせ、愛車に乗り込んでひとっ走りさせると、ちょうど頃合にJR池戸駅のロータリーに到着した。ほどなく古谷所長が駅舎の正面出入口から出てくる。

「ありがとう。助かります」

三つ揃《ぞろ》いの上にコートを羽織《はお》った古谷所長は、それでも寒そうに身体を震わせている。俺は助手席のドアを内側から開けて促した。

「乗って」

行き先は産業会館と言っていたが、どんな事件なのだろう。興味に任せて聞いてみると、

「実はですね。地域振興のために、各地方自治体が地元をPRするためのマスコットを制定して、着ぐるみを作ったりしているの、ご存じですか?」

「池戸市だったらイケドン。六瀞《ろくとろ》市はたしかロクトロン、でしたっけ?」

「たしかそうです。で、倉津市はそういう後追いでは、池戸市や六瀞市には追い付けないということで、独自の方針を打ち出して、地元のPRソングを歌ったり踊ったりする、女性アイドルをプロデュースすることにしたんだそうです。あ、その池戸市の観光課の職員の、阿形《あがた》さんという方が、今回の依頼人なんですけど、その人

がプロデューサーとして、市内にいるそういった実績のある女の子たちをスカウトして、どうにかアイドルユニットのようなものを作ったみたいなんです」

「アキバなんちゃらの真似《まね》っぽいなあ」

「正式な活動開始は来月から――年度の変わった四月からになるそうなんですが、今はレッスンとか、関係各所への根回しとか、そういった活動はすでに始めていて、で今日は、池戸市の産業会館で、県の職員やら商工会のお歴々《れきれき》やらの前でパフォーマンスを披露して、できれば倉津市ローカルだけでなく、県全体での後押しが得られないかというのをアピールするために、こっちに来ているそうです。ところが移動する前、倉津市の市役所の会議室で集合して軽くレッスンをしていた間に、何かその子たちの間でトラブルがあったらしく――パフォーマンスのときに真ん中に立つ子がいて、その子がリーダーをやっているそうなんですが、リーダーを代われ、みたいなことを書いた紙が、バッグに入れられていたみたいで」

「ということは――その犯人探しを？」

「そういうことのようです。ただ私は、基本的に犯人さえ見つければ良いとは思っていなくて、できれば今後の活動がギクシャクしないような形で事を収めるのが、今回の目的になるのではないかと思っているのですが」

「何人組のグループなんですか？　要するに容疑者の数は？」

「六人組だそうです。なので被害者の子を除いて容疑者は五人。ちなみにユニット名は《クラッシックス》だそうです」

「倉津市で六人組だからクラッシックス。うーん、やっぱりアキバよんじゅうはちの真似っぽいなあ」

「ま、詳しくは、これから会う阿形さんに話を聞くことにして、今は先を急ぎましょう。午後二時に会う約束をしていますので」

「二時⁉　うーん、ギリギリだなあ」

それでも俺は何とか、午後一時五十六分には、愛車を産業会館の駐車場に停めることに成功した。少なくとも運転手としてならば合格だろう。探偵助手としても今回、何とか古谷所長の役に立てれば良いのだが。

2

古谷所長は受付の電話を借りて、依頼人に連絡を入れた。相変わらず携帯電話は持っていないようで、相手の番号をメモした紙を見ながら番号をプッシュしていた。

「あ、阿形さんですか。カラット探偵事務所の古谷です。いま着きました。受付にいます」

一分ほど待たされて、奥のエレベーターホールから三十歳前後のスーツ姿の男が現れた。身長は一六〇センチほどと男性にしては小柄で、黒縁眼鏡《くろぶちめがね》を掛け、おでこが広いのが特徴的な顔立ちだった。黒々とした髪は豊かで、生え際《はえぎわ》が後退しているわけではない。元からおでこに割り当てられた面積が広いのである。

「ども。倉津市観光課地域振興室長の阿形と申します」

自己紹介をしながら古谷所長と名刺交換をする。スーツの上着の胸ポケットには、同じ肩書きと「阿形敦史《あつし》」というフルネームがルビ付きで印刷された名札が留められており、名刺交換をしなかった俺にも必要な情報はちゃんと伝わっていた。

「ではさっそく参りましょう」

エレベーターで三階に上がると、左手の《第一会議室》と表示の出ている部屋から、軽快な音楽とマイクを通していると思《おぼ》しき女性の歌声が聞こえてきた。

「いまはリハを行っています。ステージは三時からの予定です。それまでの間に解決していただければありがたいのですが」

「承知しています」

阿形が俺たちを案内したのは《第一会議室》ではなく、その隣の《第一控室》だった。今回はクラッシックスの楽屋として使わせてもらっているらしい。トントンとノックをすると、中から「はい」という女性の声がした。阿形が「杏華《きようか》ちゃん、入るよ」と言ってドアを開ける。

奥に長い六畳ほどの小部屋で、長机四つとパイプ椅子《いす》が八つ。そのひとつに若い女性が腰掛けていた。阿形に続いて入室してきた俺たちを見て、女性が慌てて立ち上がる。

身長は一六〇センチに少し届かない程度か。ショートカットの黒髪で目鼻立ちは整っている。ピンクに白が入ったエナメルの服はミニスカートほどの丈《たけ》までで、その下に白のロングパンツを穿《は》いている。足元はヒールのない白のブーツ。エナメルの服を着ている時点で、普通ではないというか、芸能人っぽさは伝わってくる。

「彼女が被害者の、関根《せきね》杏華ちゃん。クラッシックスのセンターとリーダーをやってもらっています。……杏華ちゃん、こちらが探偵の古谷さんと助手の方。市会議員のあの古谷さんの弟さん」

「あ、関根です。お世話になってます」

関根杏華はぺこっとお辞儀《じぎ》をした。

俺は阿形の説明で事情を察した。古谷所長は古谷家の三男坊で、長兄の純一《じゅんいち》は県会議員を、次兄の龍二《りゅうじ》は倉津市議をしている。どうやら阿形の（というかクラツシックスの）活動を古谷龍二議員が後押ししており、何か困ったことがあったら弟がやっているカラット探偵事務所に相談しろと、常日頃から言っていたのだろう。それが今回の依頼に繋《つな》がったというわけだ。

「彼女は体調が悪いということにして、いまは残りの五人でリハをしてもらっています。今回の問題が片付かない限りは、他の五人と一緒のステージに立ちたくないと言っていて、それを認めてしまうと、このまま三時を迎えたときには、大事なお披露目を一人欠けた状態で行うことになりますが、それは何としてでも避けたいのです。さっそくご覧いただきましょう」

阿形がそう言って促すと、杏華は自分のバッグから手帳サイズの黄色い紙を取り出した。

「イエローカードですね」

古谷所長が思わず口にしたように、それはサッカーの試合でよく使われるイエローカードとほぼ同じもののように見えた。阿形が間に入って受け取って、裏面を俺たちに見せる。鮮やかな黄色を背景に、黒のゴシック体で次のように注意書きが印刷されていた。

使い方。差出人側のルール。

1）信頼関係が築けている相手にだけ使いましょう。

2）必ず記名で出しましょう。責任を持って。

受取人側のルール。差出人には勇気が必要でした。

3）カードを受け取ったことに怒ったら二枚目の警告を受けて退場になります。

4）指摘されたことを改善しないと、そのうち二枚目を受けて退場になります。

俺たちが文字を読み終わる頃合を見計らって、阿形が説明を始めた。

「これはですね、倉津市役所内で一時期使われていたものです。QC活動のひとつとして職員が提案したもので、同じ職場の人に改善してほしいことを、やんわりと相手に伝えることを目的としたものです。たとえば『デスクに書類を積み上げるのをやめてほしい』とか、『私用で電話を使うのは良くないと思います』とか、直接口で言うのではなく、このカードに書いて渡すことで、忠告を受けた側がいきなり反発をするのではなく、その忠告を受け入れやすくする効果があるということで、意見が採用され、このカードが四千枚だか五千枚だか印刷され、各職場に配られたのです。ただし思ったような効果が上がらずに、余った数千枚が備品倉庫に置かれることになりました。その備品倉庫を今は私たちが更衣室として使わせてもらっています。ここじゃなくて、私たちがいつもいる、倉津市役所の中での話です。それでクラッシックスのメンバーたちも、こんなカードがあるということは認識していました。それが今回、こんなふうに使われたのです」

そう言って、実は二つ折りになっていたカードを開いて、古谷に手渡した。グリーティングカードと同様、谷折りにされた内側にメッセージが書き込めるようになっている。外側とは異なり内側の色は白で、左側の上段に宛先や差出人を書くための「To：」「From：」欄が二行あり、その他は薄い罫線《けいせん》が引かれていて横書きが推奨《すいしょう》されていた。「To：」の横には「関根杏華」と書かれていたが、「From：」欄は空白のまま。宛先もそうだったが、右半面に書かれた本文も、わざと崩したと思われる下手《へた》な字で、次のような文言が、サインペンで手書きされていた。

皆な悔やんでる
歌・ダンスの才能は皆無
あなた運だけ
実力じゃない
今の序列最低
侮辱よ侮辱
固定観念壊そう
本当嫌だ納得出来ん
センター交替して

俺は思わず息を呑《の》んだ。かなりきついことが書かれている。裏面のルールに反して無記名であることも、書き手の悪意の存在を裏付けている。

「着替えは、部屋が狭いのと、セキュリティ的な意味合いもあって、いつも三人ずつ行っていたそうです。残りの三人はドアの外で待っている。いきなり誰かが来てドアを開けないように見張っている形になります。今日は集合時間が十二時で、三々五々《さんさんごご》集まったあと、まずは荷物を備品倉庫に置いて、レッスン場として使っている会議室に集合して、進行の確認をして――そこまでは普段着のまま行って、三十分ほどでしたか、その後は衣装に着替えてもらって――この産業会館で着替える場所がもらえないことを想定していたので、先に着替えてから移動することにしていたんですね。十二時四十五分に駐車場に集合、午後一時半ごろこの会館に到着。本番までに一時間半の余裕を見たのは、たとえばマイクですが、周波数の違う六本のマイクが必要で、パネルディスカッションなどで使ったものがあることはわかっていたんですが、歌唱用のマイクではないわけで、そういった機器の調整だとか、いろんな事態を見越してそういうスケジュールを組んでいたんです。それが今回は役に立ったというか――古谷さんに午後三時までに解決していただければの話ですが……」

3

時刻はすでに二時十五分を過ぎていた。タイムリミットまで残された時間はわずか四十五分。

「着替えが三人ずつ、という話が、どこかへ行ってしまわれたようですが」

古谷所長が指摘すると、阿形は広い額《ひたい》を自分でぺちんと叩《たた》いてから、関根杏華のほうに目をやった。杏華がひとつ頷《うなず》いて、説明を始める。

「倉津市役所のレッスン場で今日の進行を確認したあと、衣装に着替えることになって、最初はワカンナイの三人が部屋に入り、私と倉本《くらもと》姉妹の三人が外で待つ形になりました――」

「ワカンナイの三人とかいきなり言われても、それこそわからないですよね」

阿形がそう言って割って入り、改めてクラッシックスのメンバー構成について説明を始めた。

女性アイドルユニットを立ち上げるにあたり、阿形は市内在住でそういった活動をしていたグループで、あらかじめ目を付けていた何組かに声を掛けるところから始めた。《ワカンナイ》は倉津女子商一年二組の同級生、和田《わだ》美優《みゆう》・神田《かんだ》れん・内藤《ないとう》芽衣《めい》の三人が結成したダンスユニットの名称で、秋に行われた県のダンス大会で三位に入賞した実績がある。三人とも見た目が可愛らしくて、年齢もまだ若かったことから、地元アイドルを育てるという方針を決めたときに、真っ先にスカウトする候補に挙げたという。

阿形は携帯電話の画面にそれぞれのメンバーの写真を表示させ、俺たちに適宜《てきぎ》見せながら説明をしていた。ステージ衣装はダンスユニットらしく、上はパーカー、下はダボッとしたパンツで揃えられており、和田が水色、神田が黄色、内藤が薄い緑色を基調にしていた。三人が並ぶと和田が一人だけ身長が高いことがわかる。

倉本姉妹は倉本燿子《ようこ》・華子《はなこ》という一卵性双生児《そうせいじ》で、現在は高校を卒業したばかりの十八歳。小学生のころから東京の芸能事務所に籍を置いて芸能活動をしてきた――とはいっても、そのために関東に引越すところまでは親も本腰を入れられず、倉津市在住のままで上げた実績は、インディーズCDを一枚リリースしたのと、千葉県のローカルCMに三年間出演したのが最高で、ほぼ埋《う》もれた状態のままだという。こちらもかなりの美人で、ビジュアルに関しては余裕で合格点をもらえただろう。双子の顔の区別はほぼつかないが、黒いワンピースを着ているのが燿子、白のワンピースを着ているのが華子だそうで、色の嗜好《しこう》は普段着も変わらないそうである。常に燿子が黒、華子が白で、色違いの同じ服を着ているのだという。

以上の五人が、要するに、今回の容疑者ということになる。

「関根さんのステージ衣装がそれだとすると、あまり統一感が無いように思われますが」

古谷所長が指摘すると、阿形はうんうんと頷いて、

「実際に寄せ集めからスタートしているので、その寄せ集め感が伝わるように、わざとそうしています。杏華ちゃんのこの衣装なんて、自作のものをそのまま使わせていただいているので、市の負担は今のところゼロです。あ、杏華ちゃんの説明がまだでしたね」

芸能活動の実績ということで言うと、関根杏華にはまったくそんなものは無かった。ただ幼少時から戦隊もののテレビ番組が好きで、将来は戦隊もののピンクになるんだと決め、小学生のときには空手《からて》教室に通い、やがて実際に強くなる必要はなく、アクション俳優としての素養を身に付けることのほうが大事だと覚《さと》った中学生時代には体操教室に通った結果、どちらも才能が無いことに気づかされたが、それでも夢を諦《あきら》めきれず、短大を卒業した後は春日町《かすがちょう》商店街にある実家の定食屋を手伝いつつ、自作の衣装を身に付けて、商店街の戦隊ヒロインとしてアーケード街を闊歩《かっぽ》し、集客や街の見回りの役を果たして二年近くが経《た》つのだという。ローカル番組でも紹介されたことがあり、地域振興のあるべき姿として、阿形も目を付けたのだという。

本人が自分の立ち姿を俺たちに見せながら、

「これは変身前の姿です。変身後も首から下は基本的に変わらないのですが、頭には仮面を被《かぶ》ります」

長机のあちこちにメンバーたちの荷物が置かれていて、関根杏華のものは一人だけ量が多いと思ったら、余分と思われたボストンバッグにはその『仮面』が入っていたのだった。衣装と同じピンク色で、彼女は実際にそれを被ってみせた。なかなかそれっぽい動きでポーズを決めると、

「クラッシャーモモ、参上《さんじょう》！」

と可愛らしい声で決め台詞《ぜりふ》を言う。仮面は口元が露出しているタイプなので声が籠《こも》らない。さらに、

「体操は補欠もいいところでしたけど、教室に通ったことで身体が柔らかくなって、ゆっくりしたバク転ならいちおうできるようになりました」

両手を上げてから上体をぐっと反《そ》らし、背後の床に手をついて、かなり腰高なブリッジの姿勢になった。と思った次の瞬間には体重を両腕に預けて片足を上げ、もう片足で床を蹴《け》って倒立の状態になり、さらに足が反対側に着地して上体を起こすと、たしかに『ゆっくりしたバク転』ができていた。

「クラッシャーモモ、参上！」

また同じポーズを取って同じ決め台詞を言う。いや二度目はいいから。

古谷が再び話を元に戻そうとして、

「ところで、ワカンナイの三人が先に着替えて——あ、和田・神田・内藤で《ワ・カン・ナイ》ですか」

途中で余計なことに気づいてしまい、またしても話が脱線する。

「そうなんです」

阿形がよく気づかれましたという表情で、嬉《うれ》しそうに頷くと、

「なかなか話が進みませんね。すみません。杏華ちゃん、今日の着替えの話を」

「あっはい」

と言って、関根杏華は仮面を外すと、

「ワカンナイの三人が先に着替えをして、私と倉本姉妹はそれを待っていました。三人が出てきて今度は私たちの着替える番です。私の荷物はご覧のとおり、仮面とかこのエナメルの衣装のぶんだけ嵩《かさ》が多くて、常に大きめのバッグを二つ持ち歩いてるんですが、衣装のバッグのほうに、このイエローカードが入っていたんです」

「ということは、ワカンナイの三人の誰かが——もしかしたら一人ではなく二人、もしくは三人が協力して？」

古谷が可能性を限定しようとすると、

「いえ、十二時の集合のときにはワカンナイの三人と私が先に来て、最後に倉本姉妹がちょっと遅れて来たので、そのときに倉本姉妹のどちらかが——あるいは二人が共謀《きょうぼう》して、入れたという可能性もあります」

「衣装を出そうとしてこのカードを見つけた。そういうものが倉庫にあることはご存じでいらした。だから中に何かが書かれているだろうと思いつつ、開いてみたら——」

「そうです。こんなことが書かれていたので、ちょっと思いがけないというか、すっと血が退《ひ》いたようになって、とりあえず見なかったことにしようと思いました」

「騒ぎ立てようとはしなかったのですか?『ちょっと、これ、誰が書いたの?』と声を上げたりとかは」

関根杏華は困ったような表情を見せて、

「普段の私のキャラだと、実際そういう反応をしていたはずだと思います。基本、負けん気が強いというか。でも今日はちょっと、気が弱っていたというか、実際、私がセンターでいいのかなって悩んでいたところだったので、急所にパンチをくらったみたいな感じになって、ダメージを受けたことを誰にも——特にこの差出人には知られたくないという気持ちが先に立って、何も反応しないことにしてしまったみたいです」

「差出人の――心当たりは？」

「正直言って、いまだに信じられません。私たちはそれぞれソロ、ペア、トリオの寄せ集めで、まだ結成から二ヵ月ほどしか経っていないですし、年齢もトリオが十六、ペアが十八、そして私が二十二と一人だけ離れていて、そういった意味ではギャップだらけなのですが、それでも――というか、だからこそ、レッスン期間を通じてお互いを尊重し合う関係性は築けていたと思うんです。そんな信頼のおける五人の中に、こんな文面の警告文を、匿名《とくめい》で書いてくる子がいただなんて……」

「それでも、あえて言えば――その、内容的に――私のほうがセンターに相応《ふさわ》しいと思っていそうな子は、誰だというふうに、名前を挙げれます？」

古谷所長の質問に、杏華はイヤイヤをするように首を横に振った。代わりに阿形が答える。

「六人の中で、歌とダンスの総合力で言えば、実はワカンナイの神田れんが一番だと思います。ワカンナイの中でダンスは和田美優が一番上手で、長い手足を上手に使って、見ている人が惚れ惚《ほ》《ぼ》れするようなパフォーマンスを見せてくれます。だから彼女がワカンナイ時代にはリーダーをしていたのですが、他の二人も美優とそんなに差がなかったからこそ、彼女たちは県大会で三位に入賞できたわけです。そんなダンスユニットに所属していた神田れんが、実は歌を歌わせてみたところ、これが抜群に上手《うま》くて、どうしてダンスをやってたんだって思ったくらいでして。ダンスも六人の中では二番手か三番手で、歌唱力がダントツですから、アイドル歌手としての資質は一番だと思います。ただ、れんはですね、MCが苦手というか、トーク力は今のところ壊滅的で、しかも本人に前に出たいという欲があまり見られないんですね。だから私のほうがセンターに相応しいと、彼女が思ってるとは、僕は思えないですし、もし彼女がこれを書いたのだとしたら、れんにそんな我欲があったのか、じゃあ彼女をもっと目立つ形で使おうと、今後のプランの見直しも検討したくなるところですが――おそらくそんなことはないでしょう。神田れんではないと思います」

「では実力はともかく、前へ出たい、目立ちたいという我欲のあるメンバーは？」

「倉本姉妹の――特に倉本華子のほうですかね。燿子はどちらかというと大人しいタイプで、今までの活動も華子のほうが芸能界に強いあこがれを持っていて、双子がセールスポイントなので燿子も一緒に来なさいと言って、妹を引っ張ってきたのが姉の華子のほうなのです。彼女たちはいちおう芸能プロに所属していたというプライドもあって、経験値から言っても自分たちが最前列に立つのが妥当だと思っていても、おかしくはないと思います」

「先ほど話題に出た和田さんも、ワカンナイの三人の中ではダンスが一番上手かったという話でしたので、三人組のときはセンターを務めておられた――のですよね？　少なくとも三人組のリーダーだったという話でした。だとしたら、三人から六人に増えたタイミングで、リーダーの地位もセンターの地位も、関根さんに奪われたと感じている可能性は――ありませんか？」

「多少はあると思いますが、基本的にアイドルの場合は、ダンスよりも歌が重視される傾向があることは、彼女も自覚していると思います。こういった楽曲を主体として活動していく限り、自分がセンターをするのは違うんじゃないかってことは、美優も承知していると思います」

「ただですね、このカードの文章から感じるのは、自分がセンターをするのが正しいという正当な主張ではなく、理屈の上では現在のポジションを受け入れていながら、感情のほうはコントロールできずに、センターに立てない恨《うら》みつらみがドロドロと胸の奥から溢《あふ》れ出ている、それが文字に乗り移っているというか――んふう」

そこで古谷所長は唐突に、顔面をカードへと近づけた。その目がキラキラと輝き出す。

どうやら何か、手掛りのようなものを見つけたらしい。

俺は腕時計に目をやった。午後二時二十七分。タイムリミットまであと三十三分。

4

「ワカンナイのもう一人、内藤さんに関しては、名前が挙がってませんが――」

古谷所長が念のためにといった感じで質問すると、阿形は意外そうな表情を見せて、

「内藤芽衣に関しては基本的に裏表がないという印象があります。常に明るくてムードメーカーで、人とぶつかるのが苦手で、何でも受け入れてしまうタイプで、間違ってもトラブルメーカーにはならない」

「あ、でも、阿形さん、芽衣ちゃんの場合は衣装の色の件が――」

関根杏華がそう言うと、阿形は「その件があったか」と言っておでこをピシャリと叩いた。

「そうそう。ワカンナイの三人は、和田美優が水色、神田れんが黄色なのは今も一緒なのですが、内藤芽衣はもともとピンクの衣装だったんです。でもクラッシックスでは杏華ちゃんがピンクで被ってしまったので、芽衣はライトグリーンにイメージカラーを変えてもらったんですよね。戦隊ものの紅一点はピンクで変えられないですから、どうしても芽衣ちゃんのほうに折れてもらうしかなかったんです。そのときも芽衣は笑顔で『いいですよ』と言ってくれたんですが――」

「イメージカラーの変更は、本人にとってはかなりの大事《おおごと》だった可能性があります。受け入れはしたものの、心の奥底にくすぶっていたものがあって、それが今回爆発したという可能性も、いちおう見ておいたほうがいいかもしれません」

古谷所長がそう言ってから、何かもったいぶるような間が空《あ》いたので、俺はそこでつい口を挟んでしまった。

「あの、この仮面、こうやって持って来たってことは、ステージ上で被ることもあるんですよね？　もしかして曲の合間に戦隊ヒーローショーのような出し物をやったりするんですか？」

俺がその質問を喋《しゃべ》り始めたとき、古谷所長が一瞬「さ」と口にしかけたような気がしたが、まあ細かいことは気にしないでおこう。

俺の質問には阿形が応じた。

「いやー、鋭いですね。さすがは名探偵の助手をされているだけはありますね」

「いやいや、俺なんかはまだとても」

謙遜《けんそん》する俺をよそに、阿形が説明を始める。

「杏華ちゃんのキャラを活かすために、まさにそういう案も当初は考えていたのですよ。ですが、どうしても学芸会っぽい雰囲気が出てしまって、アイドルのステージでそういう白《しら》けた空気が入るのは避けたいという話になって、戦隊ヒーロー――ヒロインショーかな？　そういう形での実現はしないことになりましたが、その代わり――」

阿形はそこで、部屋の隅《すみ》に置かれていた段ボール箱の中から、ビニール袋にＡ４サイズの資料とＣＤが入ったものを二部取り出して、所長と俺に一部ずつ手渡した。

「その資料の後半が、楽曲のリストになっています。現時点で持ち歌が九曲まで出来ています。まだ音源がピアノとドラムとギターしか打ち込んでなくて、ＢＧＭがまだ軽いので、仮歌状態なのですが、カラオケの状態と歌を吹き込んだ状態の二種類の音源が、そちらのＣＤに入っています。……そうか、最初からその資料をお渡して説明すれば良かったですね」

最後にまた額をぺちんと叩く。俺たちは袋の中から資料を取り出して目を通していた。一ページ目こそいかにも役所の文書といったお堅い文言が並んでいたが、二ページ目から七ページ目までに六人のメンバーのプロフィールが写真つきでまとめられており、八ページ目に楽曲一覧が、九ページ目以降には各曲の歌詞と楽譜も掲載されていた。

「その——十二ページ目でしたっけ？　そう。それ。結局そういう、架空の戦隊ヒロインの、クラッシャーモモというキャラクターのですね——杏華ちゃんの変身後のキャラ名なんですけど、そのクラッシャーモモのテーマという曲を作って、彼女がその曲を歌う前に変身することにしたんです。要するに変身ポーズを決めた後、ステージのワキに一度下がってその仮面を被って再登場してから、その歌を歌うんです。今日のセットリストにはその曲は入れてないんですけど、もしかすると披露することもあるかもと思って、その仮面はいつでも持たせています」

阿形の説明を聞きながら、俺は当該《とうがい》曲の歌詞に目を通していた。


「クラッシャーモモのテーマ」　作詞：倉本燿子／作曲：倉本華子

世界征服　狙《ねら》う　悪魔のごとき　敵を
君は期待を　背負い　正義のもとに　倒す
ねえねえ何で　闘うの
キラキラ光る　地球《ほし》のため
横によけても　追い掛け　パーンチ
腕を後ろに　必殺　キーック
勝つぞ必ず　最後には　わたしはクラッシャー　モモ！

「これ、作詞は倉本燿子さんなのですね。双子姉妹の黒いほう」

古谷所長がやや興奮した口調でそう言ったのを受けて、阿形がさらに説明を加える。

「そうです。倉本姉妹はけっこう音楽的な素養というか才能があって、特に華子が作曲の、燿子が作詞の能力に秀《ひい》でています。なので最初は僕が作詞作曲を担当するつもりだったんですけど、それらはもう黒歴史というかボツになっていまして、ここにある九曲はすべて燿子作詞、華子作曲のものばかりです。そのことは二人のプロフィール欄にも書かれています」

資料をパラパラと読んでいるうちに、さらに気になる点が見つかったので、俺は阿形に再び質問をした。

「八ページの一覧で、曲名の横に色のついた丸が並んでますよね？　六色全部揃っているものが多いですけど、さっきの『クラッシャーモモのテーマ』はピンクの丸が一個だけです。これは歌唱メンバーを表しています？」

「そうです。『モモのテーマ』は杏華ちゃんのソロ曲だという意味です」

古谷がそこで感心したように、

「だとすると、この『愛、暗い』という曲は、神田れんさんのソロ曲ということですか」

見れば「愛、暗い」の横にあるのは、黄色い丸がひとつきり。十四ページにその歌詞が載っていた。

「愛、暗い」作詞：倉本燿子／作曲：倉本華子
愛が重いと言われたけれど　想いが伝わるそれが愛
You are my love.　Everyone knows love.
寂しいときに逢《あ》いたくて　Love is my soul.

愛する人は寂しげで　Love is my all.
いつも涙が止まらない　愛はいつでも止まらない
Only you my need.　Why don't you love me more.

「やっぱりれんの歌唱力は、ストロングポイントになりますからね。しっとりとしたバラードで、いい曲ですよ」

阿形がそう言って自慢気な表情を見せる。俺は歌詞の一部の、英語の構文が気になった。まあ高校生の英語力だし、歌詞の場合は文法エラーも独特の個性的表現として許されるのが普通なので、難癖《なんくせ》はつけないでおこう。

古谷所長も俺と同じページを見ていたようだったが、そこで唐突にこんなことを言い出した。

「ところでこの歌詞──『愛、暗い』のほうですが、ちょっとした暗号というか、メッセージが織り込まれていることは、ご承知でしょうか？　倉本燿子さんはそのことを、他のメンバーたちに伝えていますか？」

5

「暗号？　いや、思い当たることは特に――」

と阿形が応じたのを受けて、探偵が解説を始める。

「この歌詞、英語がところどころ使われていますが、英文のルールとして、文頭のアルファベット一字は大文字になってますよね？　その大文字だけを抜き出してみると――Y、E、L、L、O、W、つまりイエローになっています。黄色をイメージカラーにしている神田れんさんの曲ですよと、歌い手を指名した上での所有権というか、そういった意味合いが込められていると思います」

「あっ、ホントだ」

阿形が思わず大声を出し、関根杏華も驚いた顔をしている。燿子のメッセージはどうやら他のメンバーたちには伝わっていなかったようだ。いや、神田れん本人にだけは伝えていた可能性もあるか。

「同様の仕掛けが、関根杏華さんのために書いた『クラッシャーモモのテーマ』にも見られます」

古谷がそう言ってページを前に戻す。杏華が驚いた顔をしているので、その仕掛けは杏華本人にも伝えられていないのだろう。いや、どんな仕掛けがあったというのか。俺も当該ページに戻って歌詞を見つめる。

「出だしが『世界征服』で始まります。世界の『せ』と征服の『せ』が重なっています。次の行も同様に、君はの『き』と期待をの『き』が重なっています。さらに『ねえねえ』『キラキラ』『横によけても』『腕をうしろに』『勝つぞ必ず』と続いて、『せ・き・ね・き・よ・う・か』の七文字が織り込まれています」

「ホントだ」と言う阿形に続いて、「知らなかった……」と放心状態の杏華が呟《つぶや》く。

「だとすると、こういうふうに杏華を尊重するような、こっそりリスペクトする想いを歌詞に織り込んだ燿子は、あのイエローカードの出し手ではないと、そう考えてもよさそうですね」

阿形がそう決めつけようとしたところ、探偵は「どうでしょう」とでも言いたげに、無の表情のまま首を左右に振った。続けて、

「そろそろ時間が迫ってきています。会場で謎解きをしていたら、早めに来た参加者に見られてしまいかねないので、向こうでリハをしている子たちを、この控室に呼んできていただいたほうが良さそうですね」

というわけで、阿形が部屋を出て行き、一分後には五人の少女たちを引き連れて戻って来た。

水色の衣装で長身の和田美優。黄色の衣装の神田れん。薄緑の衣装の内藤芽衣。双子の倉本姉妹はたしかにそっくりで、白が前向きな性格の華子、黒が引っ込み思案の燿子——と、俺は心の中で登場人物一覧を再確認した。

この中の誰かがイエローカードの差出人だとしたら、態度に現れるかもと思って俺は見ていたが、もとから部屋にいた関根杏華に対しては、声を掛けるのも憚《はばか》られるといった感じで、五人は空いていた椅子にそれぞれ無言のまま着席した。犯人とそうでないメンバーとの間に生じる差のようなものは、特に見られなかった。全員が共謀しているのか——あるいは事件とは無関係のメンバーがいたにしても、何かが起きたということだけは察していたのかもしれない。

「さて——」

もったいぶるような間があって、立ったままの古谷所長が声を発した。

「私は探偵の古谷です。最初に、あなた方にはピンと来ないであろう話をさせていただきます。私には好きな女性がいます。おそらく相手も私のことを好いてくれています。まだ告白はしていませんが、今はその機会を窺《うかが》っている状態です——と言っておいて、その相手が実はこの部屋の中にいる。自分ではそれが間接的な告白になっていると思ってそう言ってみたところ、想いを伝えたかった相手は自分が名指しされなかったことから、『古谷さんが好きな人ってわたしじゃないんだ』と勘違《かんちが》いをして、ややこしいことになってしまう……。そんなラブコメが世の中にはよくありますが、私の場合はそういった失敗はしません。いや先ほどの発言は事実です。私には告白したい相手がいます。でもその相手はこの部屋にはいない。そういうことです」

ある程度古谷所長の相手をしてきた阿形や杏華ですらも、ポカーンと口を空けて話を聞いている。数分前に顔を合わせたばかりの五人にとっては、さらに意味不明だったろう。

だが俺だけはわかっていた。奴は俺に聞かせたかったのだ。俺の想いを知った上で――その恋は叶《かな》わないから諦めろと、暗に俺一人に向けて伝えようとしていたのである。

「えー、何が言いたいかと言いますと、好きな相手が聞いている前で、私には好きな人がいますと発表する方式は、事態をややこしくしてしまう可能性があるということです。でもそういうことをしてしまう人というのは、ラブコメ漫画の中だけでなく、現実世界にも大勢いますよね。それと同じようなことが今回起こったのだと私は思っているのです。何の話をしているのかと、事情がわからずにポカーンとしている方もいらっしゃいますよね。実は今日の倉津市役所でのレッスンの後、関根さんがその衣装に着替えようとしたときに、バッグの中からこんなものを見つけてしまったのです」

そこで古谷所長は問題のイエローカードをコートの内ポケットから取り出し、中を開いて五人の少女たちに順番に見せていった。短い文面を読み取るのにそれぞれ十秒もあれば充分だった。「そんな」「ひどい」といったことを呟くメンバーもいればば、無言で表情も変えなかったメンバーもいた。一分も経たないうちに五人全員が情報を共有した状態になった。

「これを関根さんに送りつけたのは誰か。その犯人探しのために、私は呼ばれたのです」

6

その時点で犯人の見当がついていた古谷所長は、しかしあえてその人物だけを見つめるようなことはしなかったと思う。五人の容疑者と、関根杏華と――阿形敦人までをも含めて、七人を等分に見渡していた。

だから古谷所長以外で最初に犯人の正体を察したのは、奴の斜め後ろに立っていた俺だったと思う。

少女たちの一人にそれらしき反応が出ていた。耳が赤くなっていたのだ。

隣に座る白い衣装を着たまったく同じ顔立ちの少女の耳が、白いままだったからこそ、黒い衣装の少女の耳が赤いことがより際立っていた。

最初の変化はそんなふうに耳だけであった。だが俺の視線がロックオンしたことを察した少女は、途端に身体を震わせ始めた。隣の華子が、そしてワカンナイの三人も、倉本燿子の変化に気づく。

「えっ、どうしたの燿子。何？　どうしたの？」

驚いている華子の様子から、彼女がイエローカード事件には関わっていなかったことがわかる。同様にワカンナイの三人も無関係であり、事件は燿子の単独犯だったことが俺にはわかった。……だとしても、なぜ？

「倉本燿子さんは、このクラッシックスでは作詞を担当しておられます。言葉に対して敏感なだけでなく、言葉遊びのセンスにも長《た》けておられる。しかもそのことを他のみんなには伝えておられなかった。そういったセンスが、このイエローカードの文言にも込められているのです。みなさん、もう一回このカードの文面をよくご覧になってください。そう、もっと集まって。関根さんは真ん中に。そうしたら、平仮名《ひらがな》だけを拾って読んでください」

問題の文面を憶《おぼ》えていなかった俺は、少女たちとは逆方向からカードを覗《のぞ》き込んだ。

皆な悔やんでる
歌・ダンスの才能は皆無
あなた運だけ
実力じゃない
今の序列最低
侮辱よ侮辱
固定観念壊そう
本当嫌だ納得出来ん
センター交替して

「な……やんでる……のは、あなただけじゃない……のよ。そう、だん、して」

声に出して読み上げていた関根杏華が、最後まで読んだ瞬間、わっと泣き出した。一方で、華子が自分の席に戻って燿子に抱きつく。

「関根さんとは小一時間ほどですが、事件についてお話しさせていただきました。その上での印象なのですが、真面目《まじめ》で努力家である一方、人に弱みを見せない頑《かたく》なさというか、わたしがみんなを支えるんだという気持ちが強すぎて、自分が誰かを頼るという選択肢を持っておられないように思いました。そういう人に、悩みがあったら相談してねとストレートに言っても、うん、もしものときにはお願いねと社交辞令的に言いはするものの、絶対に相談することはない。でも関根さんはまわりのメンバーから見て、かなり限界に近づいているように見えていた。少なくとも燿子さんにはそう見えていたし、本当に頼ってほしいと思った。だからこそ、関根さんの頑なな殻を破るために、こういった手の込んだメッセージを作ることにしたんだと思います。燿子さんのつもりでは、このカードを見つけた関根さんが『待って、これ誰？　誰がこんなことしたの』と大騒ぎをする。そこで燿子さんが名乗り出て、織り込んでおいた本当のメッセージを伝える。そうすると怒りに任せて大騒ぎをしたぶん、実は優しい気遣いがそこにはあったと知らされたとき、関根さんが普段は見せない弱みをついほろりと見せて、自分がひとりで抱えていた悩みをみんなに向けて相談する流れになる——逆に言えば、そこまでしないとそういう流れにならないと思って、燿子さんはこういう仕掛けをしたのだと思います。実際、その作戦は関根さんという人にとっては有効というか、そこまでしないと、最年長のリーダーという立場が邪魔をして、仲間に悩みを相談するという簡単なことが出来なかったと思います。ところが関根さんの悩みは燿子さんが思っていたよりも深かった。このカードの表面的なメッセージを見た途端、怒りに任せて騒動を起こすどころか、シュンとなってしまって、もう他の五人と一緒の舞台に立ちたくないとまで思い悩んだ末に、阿形さんに申し出て、その理由としてこのカードを見せざるを得なかったのでしょうが、それがなければこの事件もまた一人で抱え込んでしまったのではないでしょうか。その殻がいまこうして破られました。関根さんはもっと他のメンバーに頼るべきだし、今回の件を通して、六人の絆《きずな》はより深く結ばれたことと思います。……ですよね？」

古谷がそう問い掛けると、あちこちで漏《も》れていた嗚咽《おえつ》が静まり、

「はいっ！」

という元気のいいユニゾンが控室に響き渡ったのであった。

「さあさあみんな、あと五分で本番が始まるから。……いや、もうちょっと時間を稼いでくるから――十分後には笑顔で出てきてくれよな」

阿形が配布資料の詰まった段ボール箱を持ち上げ、少女たちにそう声を掛けて部屋を出て行った。

溌剌《はつらつ》とした少女たちに十分間は充分な時間であった。関根杏華は部屋を出て行く際に、古谷所長にこう言ったのだった。

「探偵さんも、告白、頑張ってくださいね」

E

というわけで、この事件の際に俺がやらかしてしまったことは、見抜くことができただろうか。

たいしたことではないので、勿体《もったい》をつけるまでもない。さっそく正解発表に移ろう。

そう。俺はこの事件の前、三月五日だったか六日だったたか、正確な日付は憶えていないのだが、急に熱を出して寝込んでしまったのである。病院で検査を受けたところ、インフルエンザに罹患《りかん》していたことが判明する。

古谷探偵の助手を任ずる俺が、この「警告を受けたリーダー」事件では、何と事務所をお休みしていたのだ。やらかしてしまったー。

そこで古谷がピンチヒッターとして指名したのが、従弟の大学生で暇を持て余していた、長島次郎くんだったのである。「小麦色の誘惑」事件で古谷の捜査を目《ま》の当たりにして以来、探偵という仕事に興味を持ち始め、親戚の集まりなどで古谷に会うと仕事の話を聞くようになっていた次郎くんは、やがて事務所にもたまに遊びに来るようになり、そしてこの事件で実際に助手としての役割も果たしたのだった。

俺が今回発掘した音声データには、初めて探偵の助手として解決編に臨場した大学時代の次郎くんの、古谷に対する憧れに満ちた声が収録されていた。その音声データを基に、俺は今回この話を書き上げたのだった。

ただ当時の自分の不在が今でも悔《くや》しくてたまらなかった俺は、古谷が当然助手に対して「次郎くん」と呼び掛けていたはずの場面でも、その固有名詞を書く気にはならず、同様に次郎くんが古谷に対して「謙三さん」と呼び掛けていたはずの場面でも、当然それをカットしている。

さらに次郎くんの内面描写でも、古谷のことを「謙三さん」とは書かずに「古谷所長」あるいは「奴」と書いてしまったが、これに関しては言い訳をしたい。当時の次郎くんが、会話文では古谷のことを「謙三さん」と呼んでいたのは事実だが、内面では「奴」と呼んでいなかったとは、誰も断ずることはできないではないか。古谷と長いこと付き合っていれば、内面の言葉で奴のことを「奴」と呼びたくなる瞬間が必ず来ることは、俺の経験が保証している。その瞬間がすでにこの事件のときには訪れていた可能性だって、俺からすればあるのだから、俺が執筆したこの小説でその説を取り入れてもいいはずである。だから助手の内面描写における古谷の呼称は、アンフェアではない。その点はくどくどしくなろうとも言っておきたい。

最後に後日談の続きを少しだけ書いておこう。

長島次郎くんは探偵助手を始めて三年目の、誕生日を迎える前だったからまだ二十四歳のときに、とある事件を通じて出会った女性と結婚をした。お相手はその時点で三十一歳になる――しかしそうは見えない、可愛らしい女性であった。七歳年上の姉さん女房を貰ったことになり、もともとそういう好みがあったのだなと――俺の立場からすると、なかなか書きづらい感想なのだが、そう思ったのも事実である。

いや、それはさておき。

俺がカラット探偵事務所に在籍していた二年の間に、古谷が関わった事件の数は総計四十八件。つまり二年目には二十八件の依頼を、俺たちは受けたのである。その二十八件を同じように小説化しようと思えば、今までの実績を参考にすれば、普通の厚さの本にして、四冊分の原稿量が必要となる。それを書く予定は、今のところは無い。いや、気が向いたら書くかもしれないが。

何しろ、俺の人生において、あの二年間は特別なものだったのだから。

暇な時間が多すぎて、探偵助手をしている間に、新聞記者時代のワーカホリックは自然と治ってしまった。暇な時間が多かったからこそ、いろんなことを考えたし、その中で自分の将来のこともじっくり考えることができた。じっくり考えた上で、二年目の終わりに、二〇〇八年四月からは第三の道を歩もうと決めたのである。

ちなみに事務所を辞めたからといって、俺と古谷が疎遠《そえん》になったわけではない。探偵と助手ではなくなったものの、奴とのコンビはその後も――今でも続いている、と俺は思っている。

いや、それは違うか。俺と古谷――俺たちはもう「コンビ」ではない。

俺が「俺たち」と言ったときに意味するものが、第二巻を書いたときにはすでに「トリオ」になっており、その翌年には「カルテット」になって、今に至っているのだから。

解説

末國善己

ミステリは、探偵と相棒のコンビが難事件に挑むことが多い。おそらくその元祖は、エドガー・アラン・ポー『モルグ街の殺人』（一八四一年）に登場する名探偵C・オーギュスト・デュパンと、名前がなく自身を「私」と呼称している記述者のコンビである。アーサー・コナン・ドイルは、名探偵シャーロック・ホームズの相棒兼事件の記述者にジョン・H・ワトスンという名前と明確な人物像を与え、このホームズ、ワトスンの形式は後世に絶大な影響を与えた。

架空の地方都市・倉津《くらつ》市に《謎解き専門》の探偵事務所を開いた古谷謙三《ふるやけんぞう》と、高校の同級生にして助手、事件の記述者でもある井上《いのうえ》のコンビが活躍する乾くるみの『カラット探偵事務所の事件簿』も、ホームズ、ワトスン形式のミステリとなっている。ただ古谷と井上の関係は少し変わっていて、《謎解き専門》を謳《うた》う古谷が本格ミステリ好きなのに対し、井上はハードボイルドを愛している。事務所に持ち込まれるのは殺人などの陰惨《いんさん》さが微塵《みじん》もない〝日常の謎〟ばかりで、古谷もロジカルに事件を解決する本格ミステリの名探偵なのに、井上はハードボイルドの名探偵を思わせる「俺」の一人称で事件を語るなど、様々なギャップも物語の魅力となっている。

前作から八年ぶりとなる待望の新刊『カラット探偵事務所の事件簿3』には、二〇〇六年十月から二〇〇七年三月までの七つの事件が収められている。それだけに、二本足で立つレッサーパンダの風太くん、まだマイナーだった頃のＡＫＢ48といった当時の世相が折り込まれており、その頃を知る読者は懐かしく、若い世代はレトロな雰囲気が楽しめるだろう。

夏目漱石《なつめそうせき》『趣味の遺伝』（「帝国文学」一九〇六年一月号）は、亡友の墓参りをしている見知らぬ女性を目にした「余」が、その正体を調べる一種のミステリである。家族より先に父の墓参りをしている謎の人物を捜す「秘密は墓場まで」（『文蔵』二〇一九年三月号）は、作中で描かれる謎が『趣味の遺伝』を想起させるので、二作を読み比べてみるのも一興だ。

古谷が、遊園地の企画部長から来園者が楽しめる暗号を作って欲しいと頼まれる「遊園地に謎解きを」（『文蔵』二〇一九年七・八月号）は、「兎《うさぎ》の暗号」（『カラット探偵事務所の事件簿1』所収）と対をなす暗号ものである。暗号の解読ではなく、作成を題材にした本作は、「兎の暗号」の他にも秀逸な暗号ミステリを発表している著者が、どのようにして暗号を作っているのか、その一端がうかがえるのも興味深い。

「告白のオスカー像」（『文蔵』二〇一九年十一月号）は、厳格なルールによってランダムに配布されるクリスマスプレゼントの交換会で、自分宛のカードが付いたオスカー像に似た立像を手にした女子大生が、贈り主を捜して欲しいと依頼してくる。

著者は、複雑なルールの数理ゲームを本格ミステリとして描いた「ユニーク・ゲーム」（『セブン』所収）を発表している。そのため本作も、交換会のルールから数学的に真相を導き出す展開になると考えていたが、著者はそうした予想を裏切るどんでん返しを用意しており、衝撃も大きい。

「前妻が盗んだもの」（『文蔵』二〇二〇年三月号）は、離婚した妻が無断で自分の家に入ったという男に、前妻が何のために家に入ったか調べて欲しいと依頼される。物語が進むにつれ依頼人に関する情報が次々と追加されていくが、終盤ではこれらをすべて使って論理的に真相が導き出されるため、緻密《ちみつ》な構成に圧倒されるのではないか。

蒐集癖《しゆうしゆうへき》があった江戸川乱歩《えどがわらんぽ》は、自分が出す手紙を手元に残すため、カーボン紙で複写していたようだ。このエピソードを知っていると、本作がより楽しめるように思える。

「次女の名前」(『文蔵』二〇二〇年六月号)は、出産直後の二〇〇〇年に事故死した夫のメモを参考に、次女の名前を歩美と命名した妻が、名前の候補が一つ消されていたので、そこに何と書いてあったのかを突き止めて欲しいと頼んでくる。

手掛かりになると思われたのが、大学時代にSF研究会に所属していた亡夫が残した蔵書で、一九九〇年代のSF、ミステリが縦横に語られていくところは、著者の古書ミステリ『蒼林堂古書店へようこそ』を思わせるテイストがある。

本作は、一九九九年から二〇〇〇年になったミレニアムの喧騒《けんそう》が解決の鍵になっており、一種の暗号解読ともいえる仕掛けは、この時期にしか成立しないこともあり鮮やかだ。

「真紅のブラインド」(『文蔵』二〇二〇年十月号)は、ボクシングジムの女性用ロッカールームのブラインドの羽を操作して、外から覗《のぞ》けるようにした事件が描かれる。

覗きは卑劣な犯罪だが、井上は《謎解き専門》を掲げる探偵事務所の仕事としては、華やかさに欠けると考えていた。ただ日本のミステリ史を振り返ってみると、下宿屋の屋根裏から他人の部屋を覗いていた男が完全犯罪を目論《もくろ》む江戸川乱歩『屋根裏の散歩者』（「新青年」一九二五年八月増刊号）という名作があるので、覗きは決して地味な題材ではない。

最終話「警告を受けたリーダー」（書き下ろし）では、六人組のご当地アイドルの一人に、センターを譲ることを要求する脅迫状を出したのは誰かを推理することになる。

事情聴取を進める古谷が、犯人ではない人物を除外していく展開は、正統派のフーダニットといえる。ところが終盤になると事件は二転三転し、最後のページに目を通すと、間違いなく『カラット探偵事務所の事件簿』を第一巻から読み直したくなるはずだ。手掛かりはすべてフェアに提示されているが、それでも著者の狙いが見抜ける読者は少ないのではないか。

本書を読み終わると、著者がホームズ、ワトスン形式で物語を書いたのが、単にミステリの伝統を踏襲したからではないことも分かってくる。古谷と井上がコンビであることを利用した、ある〝たくらみ〟は実際に読んで確かめて欲しい。

（文芸評論家）

初出　月刊文庫『文蔵』連載「カラット探偵事務所の事件簿 Season3」
を改題
File13「秘密は墓場まで」　2019年３月号
File14「遊園地に謎解きを」　2019年７・８月号
File15「告白のオスカー像」　2019年11月号
File16「前妻が盗んだもの」　2020年３月号
File17「次女の名前」　2020年６月号
File18「真紅のブラインド」　2020年10月号
File19「警告を受けたリーダー」書き下ろし

著者紹介

乾くるみ（いぬい　くるみ）

1963年生まれ。静岡県出身。

1998年『Ｊの神話』で第４回メフィスト賞を受賞。その後『匣の中』『塔の断章』『マリオネット症候群』をはじめ、『イニシエーション・ラブ』『リピート』『六つの手掛り』が大反響を呼ぶなど、技巧の限りを尽くした異色作を次々と発表し、練達の愛好家を唸らせ続けている。そのほか、『セカンド・ラブ』『スリープ』『蒼林堂古書店へようこそ』『セブン』『物件探偵』『ジグソーパズル48』など。

ＰＨＰ文芸文庫　カラット探偵事務所の事件簿３

2020年11月19日　第１版第１刷

著　者　乾　く　る　み
発行者　後　藤　淳　一
発行所　株式会社ＰＨＰ研究所
東京本部　〒135-8137 江東区豊洲5-6-52
第三制作部　☎03-3520-9620（編集）
普及部　☎03-3520-9630（販売）
京都本部　〒601-8411 京都市南区西九条北ノ内町11
PHP INTERFACE　https://www.php.co.jp/
組　版　朝日メディアインターナショナル株式会社
印刷所　株式会社光邦
製本所　株式会社大進堂

ISBN978-4-569-90086-5